神啊，你在嗎？

ARE YOU THERE GOD? IT'S ME, MARGARET.

JUDY BLUME

茱蒂・布倫

謝靜雯——譯

目次

永恆而堅定的叩問——「你，在嗎？」

黃雅淳（國立臺東大學兒童文學研究所副教授）

很難相信《神啊，你在嗎？》在一九七〇年代曾經是一本禁書。只因作者茱蒂．布倫在書中直接書寫每位少女成長中必定經歷的月經來潮、乳房發育的過程，以及她在保守規訓的年代，真誠勇敢的面對人們是否有自主選擇宗教信仰的議題。然而，即使作品備受爭議，出生於一九三八年的茱蒂．布倫，至今已有二十餘本書出版，並獲得過九十多項殊榮，包括美國圖書館協會所頒贈的愛德華終身成就獎（Margaret A. Edwards Award）。此外，在一九九六年美國網路上的調查報告顯示，讀者票選五十年來美國最具影響力的前二十本少年讀物裡，茱蒂的書就占了三本。這說明了她的作品既具有文學性也擁有大眾性的價值。

在美國，很少人沒讀過茱蒂．布倫的《神啊，你在嗎？》。從文學批評的立場來看，一部作品如果能持續受歡迎數十年，此中必定蘊含足以深刻啟發人之思維、情感與行為之文化資源，並體現了某種人性的價值。學者王璦玲曾指出在經歷長時間歷史考驗下所留存於後代的文本，必定經受某種價值考驗：

> 它必不僅只是體現文學文本作為歷史事件對生存主體於美學維度上所產生的重大影響，它還需是體現了某種與人性相關的價值。也就是說，作為不朽的文學文本，既具有具體的歷史語境中之特殊性、表現性，亦對歷史的限制性，產生跨越性的超越，使不同時代的不同閱讀，皆環繞於某種意義而旋轉。（《經典轉化與明清敘事文學》）

那麼，茱蒂・布倫的《神啊，你在嗎？》在美國青少年讀者心中歷久不衰的現象，是否說明了它「對歷史的限制性，產生跨越性的超越」？這些不同時代的不同讀者與這部作品對話交流所產生的某種核心意義是什麼？它是否體現了某種人性價值？

就小說的敘事美學而言，茱蒂・布倫真誠坦率的直視青少年「轉大人」的生命階段。由主角十二歲的瑪格麗特作為敘事視角，一方面以她的「感知性視角」，帶領讀者進入少女渴望認同、期待長大的高張情緒與心思波折，也表現青少女在社交參與、探索自我的行為特質；又以穿插在行文中的祈禱詞承擔「認知性視角」，表現瑪格麗特的意識活動，她的不安、恐懼與自省。在感知與認知視角的交融敘述中書寫出青春期的困惑與挑戰，除了構成敘述層次的豐富性，也拉近了讀者與書中人物的心理距離。加上故事情節緊湊、語言幽默機智，更讓青少年讀者在感受閱讀的快感之外，產生強烈的認同感。

更重要的是，《神啊，你在嗎？》觸及到每個人成長中「自我認同」的核心議題。作者將少女主角瑪格麗特置身於母親來自嚴格基本教義派的基督教家庭，父親則來自猶太教家庭。這其中牽涉到的不僅是宗教、種族的複雜處境，也不僅是男孩或女孩的青春成長旋風，而是每個生命個體在既有的社會框架與文化思維的阻力中，如何成為一個完整、獨特又真實的自己。瑪格麗特的父母私奔自組家庭，並且未有特定的宗教信仰，家中也不慶祝宗教節日，這使得她在同儕間顯得另類。但也正是這樣的「留白」，給了她自由的空間，她必須親自去參與、觀察和感受，學會判斷事實的真相、獨立思考和做決定。然而，「成為自己」是每個人一輩子的生命課題，就像瑪格麗特說的「這實在太困難了」。她在期末給導師的作業中寫道：

我不是很喜歡我的宗教實驗，我猜即使過了很久我都不會下定決心。我想，一個人沒辦法很乾脆就決定自己要信什麼教，就像替自己選名字，你會思考好久，還會不停改變想法。

然而，正是這份反覆的思考與改變，「走近又離開，再走近又離開」的歷程。在一步一步迂迴前進中，慢慢找到自己的獨特性與完整性。書中瑪格麗特常和「神」說話，「我媽說神這個概念不錯，祂屬於每個人」。是的，「神」屬於每個人，它是我們每個人真實又神聖的內在本我（心理學家榮格稱為「自性」）。我以為，這才是《神啊，你在嗎？》對時代所產生「跨越性的超越」，它在不同時代的不同閱讀中，一再點出我們每個人生命當中都需踏上的英雄旅程——成為自己。

因此，書名《神啊，你在嗎？》正可理解為一份提醒與祝福：每個追求自我成長的人對自己永恆而堅定的不斷叩問——「你，在嗎？」

用真實的語言與思考面對酸甜微澀的歲月

黃筱茵（文學翻譯評論工作者）

茱蒂・布倫的《神啊，你在嗎？》是青少年小說出版史上的傳奇作品之一，故事以第一人稱、快要十二歲的瑪格麗特的視角為出發點，坦誠直率的敘述這名青少女生活中大大小小的煩惱與感受，滿是青春年華的酸甜心情與微微苦澀的疑惑。由於直截了當的談論青春期女孩各種期待與憂慮，比如胸部發育了沒、月經何時才會來、喜歡的異性與對信仰的疑問，讀者對於這部作品的接受度頗為兩極化，習於戴上柔焦鏡片的某些團體與成人抨擊本書太過直白、毫無遮掩，喜歡本書的讀者則為作者勇於寫下故事主角真實的心緒，大大喝采。

青春期對許多事關注又說不出口的尷尬，與不確定自己到底會變成什麼模樣的那種躁動又期待的心情，在這則故事裡都被一一記錄下來。從紐約市搬到郊區的瑪格麗特，除了要認識新同學、適應新生活，還得設法安頓心裡一波一波襲來的騷動與不安。她與幾位新的麻吉死黨共組了一個祕密社團，定時聚會，分享彼此的日常生活感受和屬於青少女的私密話題。她們悄悄約定祕密社團的幾個成員都必須穿胸罩〈雖然當中有人其實還沒有發育〉，月經初潮最早來的人得負責向其他人詳述自己的經歷，還有每個人都要按照自己對身邊男生的好感度列表傳閱。她們的這些規定讓人不由得回溯起年紀相仿時，蹦蹦跳跳又貌似悠哉的日子裡，血液裡暗暗流竄的各種瑣細心事。在那樣惶然的歲月裡，倘若我們有機會讀到《神啊，你在嗎？》這樣一本真切誠實的小說作品，會不會稍稍緩解腦中快要爆炸的紊亂小宇宙失序的各種症狀呢?!

瑪格麗特對於信仰的疑惑更是本書的一大主軸。身為異教聯姻的爸媽生下的女兒，瑪格麗特的爸媽對她的信仰持保留的態度。他們不強迫她在兩種宗教間立刻做出抉擇，瑪格麗特也因此特別認真留意自己身旁人們的各種不同信仰，希望可以在更了解各種信仰後，做出自己的選擇。茱蒂．布倫讓這樣一位青少女主角擔負自己信仰的窗口，恐怕也是小說出版年代的衛道人士們不樂見的。不過，這樣的角色心思揣摩與設定恰恰說明了茱蒂．布倫捍衛個體思考自由的立場。這種堅定讓孩子自己負責觀察、思索與抉擇的立意與作法，與東方人的家族傳統與噤聲的權威迥然相異，值得細細思考。

說到底，瑪格麗特是一個獨立思考、不輕信他人樣板立場的可愛角色。她總是在心底對「神」說話，所有懸在心上的疑問，所有的盼望和腦袋裡轉來轉去的想法，她都對這位神傾訴。「神啊，你不覺得我應該要開始發育了嗎？如果你可以安排一下，我會很高興的。謝謝你。」「神啊，我一直在找你啊。我在會堂裡找，也到教會裡找。今天，我想告解的時候，也在找你，可是你不在那裡。我完全感覺不到你，不像我晚上跟你聊天那樣。為什麼，神啊？為什麼只有獨處的時候，我才感覺得到你？」瑪格麗特不但不會隨便跟隨身邊其他人的作法、立場或宗教信仰，也坦承自己在很多時刻並沒有真正感覺到信仰上的神在她面前現身。她對生命裡各種事物的追尋顯然需要等候鮮明的解答自然而然的在心中浮現。敢言的茱蒂．布倫用這個女孩的角色告訴我們：唯有真誠面對自己與世界，才是成長的真義。這樣一本用真實的語言與思考回應生命的小說，難怪能經得起時光的淘洗。

衝過青春的迷霧

吳在媖（兒童文學作家）

這是一本很好笑的小說，這是一本青少年思辨的小說。好笑跟思辨可以同時存在？這本就是。

從城市轉學到鄉下的六年級美國女孩瑪格麗特，對新環境有未知的焦慮，這本小說就從她對神的禱詞開始。瑪格麗特想要盡快融入新學校，因此加入了新鄰居也是新同學南希組的祕密社團。這個少女祕密社團關心身體發育的議題，也關心班上漂亮女孩蘿拉・鄧克跟男孩的傳言，還關心瑪格麗特要加入猶太團體還是基督教團體，沒錯，二選一。

青春期，性徵開始發育，孩子開始關注自己及同儕的身體，女孩們關注胸部逐漸脹痛長大、月事來到、異性的眼光。迷惘的瑪格麗特，對青春期身體及心理變化充滿疑惑，她看到同學逐漸發育，多希望自己跟別人一樣，但這不是她能操控的事情，因此她常常對天上的神說話，她的每一段禱告文都非常爆笑，好像在跟朋友聊天，思考人生種種問題：

神啊，你在嗎？我是瑪格麗特，我剛剛跟我媽說我想要胸罩。神啊，請幫我發育吧，你知道我指的是哪裡。

神啊，你在嗎？是我，瑪格麗特。我巴不得兩點快到，神啊。我們的舞會就是那個時間開始。你想我能跟菲利浦·里洛依跳到舞嗎？我對他這個人不是很有好感，神啊，可是就男生來說，他長得很帥。我很想跟他共舞……只要一、兩次就好。神啊，謝謝你。

好笑吧？但瑪格麗特本人倒是非常認真，在青春的迷霧中，努力思辨，想走出屬於自己的一條路。

青春期，充滿了不確定。

這不確定會經過時間的淘洗，慢慢顯露出真正的樣貌。對於班上帥哥的迷戀，在一次練習跳舞後，發現他超愛踩人的腳；大家都在傳說班上發育最好的女孩蘿拉與別的男生偷偷親熱，瑪格麗特與她真正相處後，發現謠言有多麼傷人。

選擇代表自由，也代表某段時間的迷惘。

上一代的宗教信仰，很容易透過家庭教育，直接影響下一代的宗教信仰。瑪格麗特的父母分別來自猶太教與基督教家庭，雙方祖父母並不贊同這段婚姻，這讓瑪格麗特的父母決定讓她自己選擇宗教，但祖父母還是意圖影響瑪格麗特的宗教信仰。她該如何找出自己所要信仰的宗教呢？

瑪格麗特不是只在藍天下空想，她到猶太與基督教會觀禮體驗，收集資料，思考著如果有神，她要信哪一個神，當她發現神似乎要她面對人生自行找答案的時候，她說她再也不要跟神說話了。

人生，有沒有真正的答案呢？

最近這幾年很流行「思辨」這兩個字，幾千年前，東方就有一位老師對著藍天下的學生說了這麼一句話：「學而不思則罔，思而不學則殆。」

這是什麼意思？

學習而不好好思辨書上的知識，則容易在學問中迷失方向。這就像一個人手中持有地圖，卻沒有想好要去的方向，他要去哪裡自己都不知道，地圖、學問對他來說，只是持有而無法運用。

反過來說，如果一直空想而沒有汲取前人智慧好好鑽研學習，則容易誤入歧途，甚至變成自以為是。這就像一個人半夜睡不著，一直苦思白天煩惱的事，沒有起床去找尋相關資料或虛心跟前輩多方討教，很容易變成胡思亂想，沒辦法一步一步實現自己的夢想。

經過了幾千年，藍天還在，當年孔子說的這句話，你覺得有沒有道理？

因為思考與學習，可愛的瑪格麗特活在讀者的心裡。

因為學習與思考，我們得以衝過青春的迷霧，找到屬於自己人生的答案。

獻給我的母親

1

神啊，你在嗎？是我，瑪格麗特。我們今天要搬家。神啊，我好怕喔。除了這裡，我沒住過別的地方。要是我討厭新學校呢？要是那裡的每個人都討厭我呢？請幫幫我，神啊。不要讓紐澤西太可怕。謝謝你。

我們在勞動節前的那個星期二搬家。我一起床就知道當天天氣如何。我之所以知道，是因為我撞見我媽嗅了嗅腋下。天氣熱、溼氣重的時候，為了確定體香劑有用，她總是這樣做。我還沒開始用體香劑。我想人要到至少十二歲的時候，才會散發體味，所以我還剩幾個月時間。

營隊結束回到家，發現我們在紐約的公寓租給了另一個家庭，而我們在紐澤西的法布克有了棟房子，我真的好驚訝。首先，我從來沒聽過法布克；再來，家裡做重要的決定時，通常會先問過我的意見。

可是當我發牢騷說：「為什麼要選紐澤西？」他們告訴我：「長島太重交際，威徹斯特太昂貴，康乃狄克太不方便。」

所以最後選了紐澤西的法布克，我爸可以從這裡通勤去曼哈頓上班，我可以念這裡的公立學校，我媽可以盡情享受草地、樹木跟花。我從來都不知道她想要這些東西。

新家位在晨鳥巷，看起來還不賴，半磚造半木造。窗板跟前門漆成黑色，還有個非常不錯的銅門環。新家那條街上的每間房子都長得很像，屋齡都是七年，樹木也是。

我想我們之所以離開都市，是因為我奶奶希薇亞．賽門的關係。我想不出還有其他搬家的原因，只記得我媽說過奶奶對我影響太大。

奶奶送我到新罕布夏州上夏令營，這件事在我們家不是什麼大祕密。還有她喜歡付錢讓我去上私立學校（她不能再這樣做了，因為現在我要改上公立學校）。她甚至織毛衣給我，縫在內側的標籤上寫著「奶奶特別為你織的」。

她做那些事情不是因為我們很窮，我很清楚我們家還過得去。我是說，我們雖然不是有錢人家，但是錢還夠生活，尤其因為家裡只有我一個小孩，在吃穿上面可以省下不少錢。我知道有人家養了七個孩子，每次上鞋店，都要花一大堆錢。只養我一個孩子，不是我爸媽原來的計畫，只是自然而然就變成這樣；我可以接受，因為這樣身邊就不會有人找我吵架。

總之，我想，爸媽是為了讓我遠離奶奶，才會搬到紐澤西。奶奶本身沒車，又討厭公車，覺得火車很髒。所以除非奶奶打算用走的——這滿不可能的，不然我不會常見到她。有些小孩可能會想，見不見得到奶奶，又有什麼關係？可是就年紀來說——就六十歲來說，希薇亞・賽門是個很有趣的人。唯一的問題是，她老是問我有沒有男朋友，還問他們是不是猶太人。這樣問很荒謬，因為首先，我沒男朋友，再來，誰在乎他們是不是猶太人？

2

我們住進新家還不到一個小時，門鈴就響了。我去應門，是個穿泳衣的女生。

「嗨，」她說：「我是南希・惠勒。房屋仲介發了一份你們的簡介給大家，所以我知道你叫瑪格麗特，念六年級。我也是。」

我納悶她還知道些什麼。

「天氣滿熱的，對吧？」南希問。

「嗯。」我表示同感。她比我高，頭髮蓬鬆。就是我希望能留長的樣子；鼻子朝天，我可以直接看進她的鼻孔。

南希倚在門上。「唔，想不想過來，用灑水器沖沖涼？」

「我不確定，要問問看。」

「好，我等你。」

我找到我媽，她忙著整理鍋盆，屁股翹在廚房廚櫃底層外面。

「嘿，媽，有個女生想知道，我能不能去她家用灑水器沖涼。」

「想去就去吧。」我媽說。

「我需要泳衣。」我說。

「天啊，瑪格麗特！家裡還一團亂，我不知道泳衣在哪裡。」

我走回前門，告訴南希。「我找不到泳衣。」

「我可以借你。」她說。

「等一下，」我說，跑回廚房，「嘿，媽，她說我可以穿她的，可以嗎？」

「可以。」我媽在廚櫃裡面咕噥，然後退了出來，撥開垂在臉上的頭髮，「你剛說她叫什麼？」

「嗯……惠勒。南希．惠勒。」

「好，祝你們玩得愉快。」我媽說。

南希的家跟我們家相隔六棟房子，也在晨鳥巷。她家跟我家滿像的，只是磚塊漆成了白色，前門和窗板塗成紅色。

「進來吧。」南希說。

我跟著她走進門廳，登上通往臥房的四級階梯。關於南希的房間，我注意到的頭一件事是上面有心型鏡子的梳妝桌。還有，一切整整齊齊。

我小時候一直想要那樣的梳妝桌，就是四周套著蓬鬆百褶布的那種。可惜我一直沒有，因為我媽喜歡專門訂製的東西。

南希拉開五斗櫃的底層抽屜。「你生日是什麼時候？」她問。

「三月。」我告訴她。

「太棒了！我們會分在同一班。學校的六年級有三班，照年齡來分班。我是四月生的。」

「唔，我不知道我分到哪一班，可是我知道在十八號教室。學校上星期寄了一大堆表格要我填，表格上頭都印著十八號教室。」

「就跟你說我們同一班，我也在十八號教室。」南希遞了件黃色泳衣給我。「是乾淨的，」她說：「我每次穿完，我媽都會洗。」

「謝謝你，」我說著便接過來，「我應該到哪裡換？」

南希環顧房間。「這裡不行嗎？」

「沒啦，」我說：「如果你不介意，我就不介意。」

「我為什麼應該介意？」

「我不知道。」我從底下套上泳衣，我知道會太大。南希坐在她床上看著我的樣子，讓我心裡直發毛。我到最後一刻都套著馬球衫。我才不要讓她看到我還沒長胸部，那是我自己的事。

「噢，你還是平的。」南希哈哈笑。

「不算是平的，」我假裝冷靜的說：「我只是骨架小。」

「我已經在長了，」南希說，用力挺出胸膛，「再過幾年，我就會像《花花公子》裡的女生。」

哼，才怪，可是我什麼也沒說。我爸會買《花花公子》，我看過雜誌裡面的女生。南希看來還有很遠的路要走，幾乎跟我一樣遠。

「要我幫你綁帶子嗎？」她問。

「好。」

「我本來以為你從紐約來，一定都發育了。都市女生應該長得快多了。你親過男生了嗎？」

「你是說真的親嗎？親嘴嗎？」我問。

「對，」南希不耐煩的說：「你親過了嗎？」

「不算。」我承認。

南希鬆了一口氣。「我也沒有。」

我高興極了。在她說出口以前，我已經開始覺得自己是發育不全的小鬼頭。

「不過我常常練習。」南希說。

「練習什麼？」我問。

「接吻啊！我們不是在談這件事嗎？接吻！」

「你怎麼練習？」我問。

「你看著吧。」南希從床上抓起枕頭，一把摟住，給枕頭長長一吻。吻完以後，就把枕頭丟回床上。「實驗是很重要的，這樣等時機到了，就有萬全準備。總有一天我會成為接吻高手。還想看看別的東西嗎？」

我只是嘴巴半開，杵在原地。南希在梳妝桌前坐下，拉開抽屜。

「看看這個。」她說。

我看了看，裡頭有一大堆瓶瓶罐罐和軟管。我媽全部的化妝品加起來，都沒有那個抽屜的化妝品多。我問：「你拿那些東西來做什麼？」

「那是我的另一個實驗，看看我怎麼化妝最好看。這樣等時間到了，我就會準備好了。」她打開口紅，把嘴抹成亮粉紅。「欸，你覺得怎樣？」

「嗯……我不知道。不會有點太亮嗎？」

南希照照心型鏡子，抿了抿雙唇。「唔，也許你說得對。」她用面紙擦掉口紅。「反正要是我這樣跑出去，我媽會殺了我。我等不及要升八年級，到時候每天都可以塗口紅。」

接著她迅速拿出梳子，開始梳理那一頭棕色長髮。她在頭頂中央分線，用條狀髮夾別在後腦杓上。「你頭髮一直都這樣弄嗎？」她問我。

我的手伸向頸背，摸到把頭髮往上固定的小黑夾，免得脖子出汗。我知道看起來很糟糕。「我想留長，」我說：「現在是過渡期。不過，我媽覺得我應該用頭髮蓋住耳朵，因為我有點招風耳。」

「我注意到了。」南希說。

我有種感覺：什麼都逃不過南希的眼睛！

「準備要走了嗎？」她問。

「好啊。」

她打開走廊上的織品櫃，遞了條紫色毛巾給我。我跟著她走下樓梯，踏進廚房，她從冰箱裡抓了兩顆桃子，分給我一顆。「想見見我媽媽？」她問。

「好啊。」我說，咬了一口桃子。

「她三十八歲了，可是總告訴我們她才二十五，很可笑吧！」南希嗤之以鼻。

惠勒太太坐在陽台上，雙腿縮進身下，懷裡放了本書。看不出是什麼書。她皮膚晒成古銅色，跟南希長了一樣的鼻子。

「媽，這是瑪格麗特．賽門，她剛搬進這條街。」

惠勒太太摘下眼鏡，對我微笑。

「哈囉。」我說。

「哈囉，瑪格麗特，很高興認識你。你從紐約來的吧？」

「嗯，我是。」

「東區還是西區？」

「我們本來住在西六十七街，林肯中心附近。」

「真不錯，你爸爸還在市區上班嗎？」

「對。」

「他是做什麼的？」

「保險業。」我的回答聽起來像電腦。

「真不錯。請告訴你母親，我很期待認識她。我們每星期一有晨鳥巷保齡球隊，隔週星期四下午打橋牌，還有……」

「噢，我想我媽不知道怎麼打保齡球，對橋牌也不會有興趣。她每天大部分的時間都塗塗抹抹*。」

「她刷油漆？」惠勒太太問。

「對。」

「真有意思，她都漆些什麼？」

---

*原文paint也有刷油漆之意。

「大部分都畫水果跟蔬菜，有時候也畫花。」

惠勒太太噗哧一笑。「噢，原來你指的是畫畫啊！我還以為你說的是刷牆壁呢！跟你媽說，我們今年要早早規畫共乘。我們會很樂意幫她安排……尤其是主日學，那總是最大的問題。」

「我不上主日學。」

「你不上？」

「對。」

「好幸運！」南希嚷嚷。

「南希，拜託！」惠勒太太說。

「嘿，媽……瑪格麗特過來是要跟我一起玩水，不是來接受審問。」

「好吧，如果你看到依凡，跟他說我想和他談談。」

南希抓起我的手，把我拉到屋外。「抱歉我媽問東問西。」

「我不介意，」我說：「誰是依凡？」

「我哥，他很噁！」

「哪裡噁？」我問。

「因為他十四歲。十四歲的男生都很噁，他們只對兩件事有興趣——女人的裸照跟黃色書刊！」

南希好像真的懂很多事情。我不認識十四歲的男生，只好姑且相信她說的。

南希轉開屋外的水龍頭，將灑水器調整到輕輕噴水的程度。「跟著領袖走！」她喊道，跑著衝過水。我猜南希就是領袖。

她跳著穿過噴出來的水花，我跟著照做。她翻筋斗，我試了一下，但沒成功。她朝天空跳了幾下，我也跟著跳。她直直站在噴出來的水底下，我依樣畫葫蘆。就在這時，水量頓時變得超大，我們兩個被淋成落湯雞，包括頭髮。

「依凡，你這個討厭鬼！」南希尖叫，「我要跟媽說！」她衝進屋裡，丟下我跟兩個男生在一起。

「你誰啊？」依凡問。

「我是瑪格麗特，我們剛搬過來。」

「噢，這位是穆斯。」他指著另一個男生說。

我點點頭。

「嘿，」穆斯說：「你們剛搬過來，問你爸他有沒有興趣找我除草，每星期五塊錢。我也會修剪樹木。你剛說你姓什麼？」

「我剛沒說啊，不過我姓賽門。」我忍不住想到南希說的話——他們只對色情書刊跟裸女有興趣。我連忙拉緊圍在身上的毛巾，免得他們想偷看我的泳衣底下。

「依凡！給我馬上進來！」惠勒太太從陽台上大喊。

「來了……來了啦。」依凡嘀咕。

依凡進去以後，穆斯說：「別忘了跟你爸說喔。穆斯．弗里德，電話簿裡頭有。」

「我不會忘記的。」我保證。

穆斯嚼著一根草。這時後門砰地關上，南希雙眼通紅、吸著鼻子走出來。

「嘿，南希寶貝，只是開個玩笑，你就受不了了嗎？」穆斯問。

「閉嘴啦，噁心鬼！」南希嚷嚷，隨即轉向我，「抱歉你搬來的第一天他們就這樣。來吧，我陪你走回家。」

南希把我的衣服捲成小包袱。她還穿著溼答答的泳衣，一面指出我家跟她家之間的每棟房子都住些什麼人。

「勞動節的週末*我們家要去海邊。」她說：「開學那天來找我吧，我們一起走路上學。我好想知道我們的導師是誰。費普斯小姐本來要當我們導師，結果六月跟某個傢伙私奔去加州了，所以會有新的人來帶我們。」

走到我家的時候，我問南希能不能等一下，我要把她的泳衣還

---

*美國勞動節是九月的第一個星期一，而公立學校開學日通常為勞動節之後幾天。

她。

「我不急著用，請你媽洗一洗，下星期再還我就行了。反正這件泳衣是舊的。」

真可惜她跟我講明了這件事，即使我早就猜到了。我的意思是，我可能也不會把自己最好的泳衣借給陌生人，可是我不會明講。

「噢，聽著，瑪格麗特，」南希說：「開學第一天要穿樂福鞋，可是別穿襪子。」

「為什麼？」

「不然看起來會很幼稚。」

「噢。」

「況且，我希望你加入我的祕密社團，如果你穿襪子，其他小鬼可能不會想讓你參加。」

「什麼樣的祕密社團？」我問。

「開學再跟你說。」

「好。」我說。

「記得喔——別穿襪子！」

「我會記得。」

我們到漢堡店吃晚餐。我跟老爸講起穆斯・弗里德。「除一次草只要五塊美金，他也會修剪樹木。」

「不了，謝謝，」我爸說：「我很期待自己除草，那就是我們搬到這邊來的原因之一。園藝對靈魂有好處。」我媽笑得好燦爛。他們那套對靈魂有好處的理論，都快把我搞瘋了。我想不通他們什麼時候變得這麼熱愛大自然！

晚點，我準備上床睡覺的時候，不小心走進了衣帽間，誤以為是浴室。我到底能不能在這裡住得習慣？我終於上了床、關掉燈，看到牆壁上有影子。我試著閉上眼睛，別去想那些影子，可是還是不免時時檢查它們是否還在，但怎麼就是睡不著。

神啊，你在嗎？我是瑪格麗特。我在我的新臥室，可是睡的是原本的床。這裡晚上好安靜喔——跟都市完全不同。神啊，我在牆壁上看到影子，聽到奇怪的嘎吱聲，好可怕啊！雖然我爸說所有的房子都會發出噪音，說影子只是樹木，可是我希望他知道自己在說什麼！我今天剛認識一個女生，她叫南希。她本來以為我發育得很成熟，我想她滿失望的。你不覺得我應該要開始發育了嗎？神啊！如果你可以安排一下，我會很高興的。謝謝你。

我爸媽不知道我平常會跟神講話。我是說，如果我告訴他們，他們會以為我是什麼宗教狂熱分子之類的，所以我小心保密沒說出去。如果必要，我不動嘴唇就可以跟神講話。我媽說神這個概念不錯，祂屬於每個人。

3

隔天我們上五金行，我爸買了台頂級電動割草機。那天傍晚，我們在紐澤西的家吃過第一頓晚飯之後（從當地熟食店買來的火雞三明治），我爸出去用他的新割草機除草。他在前側草坪上進行得很順利，不過等他到了後院，就必須檢查割草機的袋子裡積了多少草。方法很簡單，五金行的男人示範過怎麼做。只是必須先關掉電源，再伸手進去，我爸卻壓根忘了這件事。

我聽到他大叫：「芭芭拉——我出事了！」他衝向屋子，抓起毛巾裹住手，我都還來不及看到什麼。他就已經一屁股坐在地上，臉色變得很蒼白。

「噢我的天啊！」血從毛巾滲出來的時候，我媽說：「你割掉它了嗎？」

我一聽到，就衝去外頭找斷肢。我不知道他們講的是整隻手還是什麼，可是我讀過，如果手腳割斷了，要怎麼搶救斷肢，因為有時候醫師還可以把它們縫回去。我覺得幸好他們身邊有我，因為我想到了這些事情。可是我找不到手或手指。等我回到屋裡，警察已經來了。我媽也坐在地板上，我爸的腦袋靠在她懷裡。

我跟他們一起搭警車，因為沒人可以在家陪我。前往醫院的路上，我無聲的跟神談了一下。我在自己的腦袋裡說，免得惹人注意。

神啊，你在嗎？我是瑪格麗特。我爸出了可怕的意外，神啊，請幫幫他。他真的很善良，心很好。雖然他不像我一樣認識你，可是他是個好爸爸，而且他需要他的手。神啊，所以請你，請你讓他好好的。如果你幫忙他，你要我做什麼我都願意。神啊，謝謝你。

結果發現我爸什麼都沒割掉，只在手指縫了足足八針。替他縫合的是波特醫師。他處理完我爸之後，便走出來聊聊。他一看到我就說：「我有個女兒跟你差不多大。」

大家老是認為他們認識某個年齡跟你一樣大的人，直到你告訴他們你真正有多大！我覺得這樣很有意思。

「我快十二歲了。」我說。

「葛蕾欽也快十二了。」醫師說。

哎呀！他猜對了我的年紀。

「她在德蘭諾學校要上六年級了。」

「你也是啊，瑪格麗特。」我媽提醒我，彷彿我需要別人提醒似的。

「我會叫葛蕾欽去找你。」波特醫師說。

「好啊。」我告訴他。

從醫院一回到家，我爸就要我媽翻電話簿找穆斯・弗里德，約好要他每星期過來除一次我們家的草坪。

勞動節那天，我一早就起床，想趁開學以前，把房間裡的書桌整理好。我已買了一疊紙、鉛筆、橡皮擦、打孔強化貼紙和文件夾。在十月以前，我想可以維持得很整齊。忙到一半的時候，聽到好像有人在敲門的聲音。我等著看爸媽會不會醒來。可是房門還關著，我踮起腳尖走到他們房間。很安靜，所以我知道他們還在睡。

我又聽到敲門聲了，於是下樓去查探一下。我不害怕，因為我知道，如果是盜匪或是綁架犯，我可以放聲尖叫，到時候我爸就會來救我。

敲門聲從前門傳來，南希出門過週末了，所以不會是她。而且我們也還不認識什麼當地人。

「誰啊？」我問，耳朵貼在門上。

「是奶奶，瑪格麗特，開門。」

我打開門閂跟兩道門鎖，使勁拉開門。「奶奶！我真不敢相信。你真的來了！」

「驚喜！」奶奶叫道。

我用手指抵著嘴唇，讓她知道我爸媽還在睡覺。

奶奶提著一堆布魯明戴爾百貨的購物袋，可是一踏進屋裡，就把袋子拋在地上，給了我一個大大的擁抱跟親吻。

「我的瑪格麗特！」她說，展現她獨特的笑容。她那樣笑的時候，上排牙齒都會露出來。那不是她的真牙，是奶奶叫作「牙橋」的東西。只要她想要，隨時都能拿下上排四顆牙齒。我小時候，她都會那樣逗我開心。我當然沒跟爸媽說過。奶奶沒裝牙齒的時候，笑起來就像巫婆；可是一裝上牙齒，就變成美人。

「來吧，瑪格麗特，我們把這些袋子拿進廚房。」

我提起一個購物袋。「奶奶，好重喔！裡頭是什麼東西？」

「熱狗、馬鈴薯沙拉、涼拌捲心菜、鹽醃牛肉、黑麥麵包……」

我笑了出來。「你是說，都是吃的？」

「當然是吃的。」

「可是紐澤西也有吃的啊，奶奶。」

「沒有這種的。」

「噢，有喔，」我說：「這裡連熟食店都有。」

「什麼地方的熟食店都比不上紐約的！」

我沒力爭到底，反正奶奶有自己的想法。

袋子全部拿進廚房之後，奶奶先在水槽搓洗雙手，再把東西都擱進冰箱。

她弄完以後，我問：「你怎麼過來的？」

奶奶再次微笑，可是什麼也沒說。她正在量咖啡粉要放進咖啡機裡。除非她準備好，不然你怎樣也沒辦法跟她談任何事情。

終於她在廚房餐桌旁坐下，撥鬆頭髮，然後說：「我搭計程車來的。」

「從紐約一路搭過來？」

「不是，」奶奶說：「從法布克的市中心。」

「可是你怎麼到法布克市中心？」

「搭火車啊。」

「噢，奶奶——不會吧！」

「沒錯，我就是搭了。」

「可是你總是說火車髒死了！」

「一點塵土算什麼？反正我這個人可以水洗！」

我們都笑了出來，奶奶換了鞋子。她在其中一個購物袋裡放了備用的鞋子，就跟毛線棒針放在一起。

「好了，」她說：「帶我參觀一下房子吧。」

除了樓上，我每個地方都帶她去看了。我指出衣帽間、樓下的浴室、我媽的新洗衣機跟烘乾機，還有我們坐下來看電視的地方。

我一介紹完，奶奶便搖搖頭說：「我就是不懂他們幹麼一定要搬到鄉下。」

「這裡不算鄉下啦，奶奶，」我解釋：「附近又沒有牛。」

「對我來說就是鄉下！」奶奶說。

我聽到樓上有放水的聲音。「我想他們起床了，要我去看看嗎？」

「你的意思是，你應不應該去跟他們說！」

「唔，我應該去嗎？」

「當然了。」奶奶說。

我跑上樓，衝進爸媽臥房。我爸正在穿襪子，我媽在他們的浴室刷牙。

「猜猜誰來了？」我對老爸說。

他什麼也沒說，只是打了個哈欠。

「唔，你不打算猜一下嗎？」

「猜什麼?」他問。

「猜猜現在誰在這棟房子裡?」

「除了我們之外,沒有別人了吧,我希望。」我爸說。

「錯!」我在臥房裡跳來跳去。

「瑪格麗特,」我爸用不耐煩的語氣說:「你到底想說什麼?」

「奶奶來嘍!」

「不可能。」老爸跟我說。

「我是說真的,把拔,她就在樓下廚房裡泡你的咖啡。」

「芭芭拉……」我爸走進浴室,關掉水。我跟在他後面。我媽滿嘴牙膏。

「我還沒刷完,賀伯。」她說著又打開水龍頭。

我爸又關掉水龍頭。「猜猜誰來了?」他問她。

「你說誰來了是什麼意思?」我媽說。

「是希薇亞!她來了!」我爸又打開水,好讓我媽刷完牙。

接下來換我媽關掉水，跟著我爸走進臥房，我也跟在後頭。真好玩！我猜，到了這一刻，我媽肯定已經把牙膏吞進肚子了。

「你說希薇亞，是什麼意思？」我媽問我爸。

「我說的就是我媽！」我爸說。

我媽笑了出來。「不可能，賀伯，她要怎麼到這裡來？」

我爸指著我。「問瑪格麗特啊，她好像什麼都知道。」

「搭計程車。」我說。

他們一聲不吭。

「還有火車。」我說。

還是一語不發。

「她發現火車沒那麼髒。」

十分鐘過後，我爸媽到廚房跟奶奶會合，桌上已經擺好餐具，早餐也全部準備妥當。我們很難生奶奶的氣，尤其在她閃現那種超級笑容的時候。所以爸媽什麼都沒說，只說真是美妙的驚喜！還說奶奶真聰明，以前從沒到過法布克，卻知道怎麼搭火車轉計程車來我們新家。

早餐過後，我上樓換衣服。奶奶跟我上來看看我的房間。

「比我以前的房間大多了。」我說。

「對，是比較大，」奶奶附和，「你應該用新床罩跟新窗簾。我前幾天看到了一些——粉紅跟紅色方格，這樣就可以找紅色地毯來搭配，還有——」奶奶嘆口氣。「可是我想你媽想要自己打點。」

「我猜也是。」我說。

奶奶在我床上坐下。「親愛的瑪格麗特，」她說：「我想確定一件事，你明白我們兩個還是會跟以前一樣親吧。」

「當然會。」我說。

「幾公里的距離不代表什麼，」奶奶說：「就因為我沒辦法在你平常放學後過來一趟，不代表我不會每天都想到你。」

「奶奶，我知道。」

「這樣好了——以後我每天晚上七點半都打電話給你，如何？」

「不用每天晚上打啦。」我說。

「我想啊！反正電話費是我出的，」奶奶笑出來，「這樣你就可以跟我說說生活現況，我也會跟你講紐約的最新動態，好嗎？」

「當然，奶奶。」

「可是瑪格麗特……」

「怎麼了？」

「電話你來接，你爸媽可能不喜歡我這麼常打。就當成你跟我之間的祕密，好嗎？」

「當然，奶奶，我喜歡接到電話。」

那天剩下的時間，我們就在院子裡閒坐。奶奶正在替我織新毛衣，我媽忙著種秋季的花，我爸則是在看書。我呢，就做做日光浴，想在趁開學以前晒成古銅色也不錯。

我們吃了奶奶帶來的食物當晚餐，她每咬一口醃黃瓜就說：

「呣……什麼都比不上道地的東西！」

趁天還亮，我們開車載奶奶回法布克車站。奶奶對於晚上在紐約街上走路有陰影，她很確定自己會被搶。她下車前跟我吻別，並且告訴我爸媽：「好了，別擔心，我保證我一個月只會過來一次，唔……也許兩次吧。賀伯，不是為了看你，芭芭拉，也不是為了看你。我必須盯著我的瑪格麗特——只是這樣。」奶奶朝我眨眨眼。

說完就抓起裝了鞋子和織品的袋子離開，還不停揮手道別，直到我們看不見她為止。

4

星期三晚上，媽媽幫我洗頭髮，然後替我上了大髮捲。我原本計畫整晚頂著髮捲睡覺，可是過了一小時，頭痛得要命，只好摘下來。星期四早上，我早早起床，可是不大有胃口。媽說我頭一天上學覺得不安，是很自然的。她說她還是少女的時候，也有同樣的感受。我媽老是告訴我她少女時代的故事，就是為了讓我覺得她什麼都能理解。

我穿上為了開學買的藍色方格棉質新洋裝。媽媽喜歡我穿藍色衣服，她說能把我眼眸的藍烘托出來。我沒穿襪子就套上棕色樂福鞋，我媽覺得這樣很蠢。

「瑪格麗特，你要走一公里多耶。」

「所以呢？」

「你明明知道，只要你赤腳穿鞋就會磨出水泡。」

「唔，那我不得不吃苦了。」

「可是幹麼吃苦啊？穿襪子啦！」

這就是我媽的問題。我是說，如果她那麼了解我，為什麼她沒辦法同理，我穿樂福鞋的時候不能穿襪子？我告訴她：「南希說，六年級上學第一天不會有人穿襪子！」

「瑪格麗特！如果你現在就這樣，我真不知道等你到了青春期，我該拿你怎麼辦！」

那又是另一個問題。媽媽老是說，等我青春期會怎樣又怎樣。挺直身子站好，瑪格麗特！現在姿勢好，以後身材才會好。用肥皂洗臉，瑪格麗特！這樣等你青春期的時候就不會長痘子。如果你問我意見，青春期滿爛的——不只會長痘子，還要擔心身體有異味。

媽媽終於跟我說，祝我今天過得順利。她吻了我臉頰，輕拍我的背。然後我走到南希家找她。

等我抵達德蘭諾小學的十八號教室時，腳已經痛到讓我覺得撐不過今天。對於這種事，為什麼媽媽們總是說得對？結果，班上還是有一半女生穿了長筒襪。

我們進教室的時候，老師還沒來。我指的是真正的老師。我本來以為某個女生是老師，結果發現她只是班上的小鬼。她長得很高（所以我才以為她是老師），眼睛的形狀像貓咪。透過她的襯衫，可以看到胸罩的輪廓，光從正面也可以看出不是最小的尺碼。她單獨坐下，沒跟任何人講話。我納悶她會不會也是新來的。其他人都忙著聊天，為了暑假的經歷、新髮型跟種種事情哈哈笑。

一個男人走進教室，全班轉眼安靜下來。他對我們點點頭，在黑板上寫下名字：邁爾斯．J．班奈迪克二世。

他從黑板前轉過身子的時候，清了清喉嚨。「這是我的名字，」他邊說邊指著黑板上的名字，接著又清了兩次喉嚨，「我是你們的新老師。」

南希戳戳我的肋骨，低聲說：「你敢相信嗎？」全班都咧嘴笑著，竊竊私語。

班奈迪克先生回到黑板前面，寫下幾組詞語，再轉向我們。他雙手收在背後，有點以雙腳為中心前後搖晃。老師清清喉嚨，所以我知道他打算說點話。

「既然……呃……你們知道了我的名字，我就跟你們講點我的事情。呃……我二十四歲。我呃……是哥倫比亞師範學院的畢業生，呃……這是我的第一份教職。既然你們都知道我的事情了，我想呃……認識你們一下。所以，麻煩你們抄下黑板上的幾組詞語，然後寫成完整的句子。我呃……會很感激的。謝謝。」他咳了咳。我想，再這樣下去，他之後喉嚨會很痛。

班奈迪克二世先生發下紙張。我讀了他那幾組詞語：

我叫
請叫我
我喜歡
我討厭
這個學年
我覺得男老師

我啃著鉛筆邊緣，頭兩題滿簡單的，我寫：

我叫瑪格麗特．安．賽門。
請叫我瑪格麗特。

接下來兩題比較難。我喜歡跟討厭的東西多得不得了。我不清楚他想知道些什麼，他顯然也不打算回答任何問題，只是坐在桌子後面看著我們。他輕敲手指、交叉雙腿。我終於寫下：

我喜歡長頭髮、鮪魚、雨的味道，還有粉紅色的東西。
我討厭青春痘、烤馬鈴薯、我媽生氣的時候、宗教節日。
這個學年我希望過得很愉快，要學夠多的東西，好升上七年級。
我覺得男老師……

這題最糟糕！我怎麼知道啊？每個老師都不一樣。可是我就是想不出該怎麼把這個想法跟這組詞語湊成句子。所以我寫：

我覺得男老師是女老師的相反。

好了！這樣應該就行了。這個答案是很蠢，可是我想問題本身就很笨啊。

兩點半的時候，南希塞了張紙條給我，上頭寫著：放學後祕密社團在我家集合——別穿襪子！

我先回家換衣服，才打算去南希家。我媽正在等我。「我們吃個點心，你把上學第一天的經過都告訴我吧。」她說。

「我沒辦法，」我告訴她：「現在沒空。我要去南希家，加入她的祕密社團。」

「噢，不錯喔，」我媽說：「只要跟我講講你的老師就好，她是什麼樣的人？」

「是他，」我說，「他叫班奈迪克先生，這是他的第一份工作。」

「噢天啊，菜鳥老師，還有什麼比這個更糟？」

「他還不差啦，」我告訴老媽：「我覺得他人滿好的。」

「唔，就看看你能學到多少東西吧。」我媽說。

我換成短褲跟馬球衫，走路去南希家。

5

其他人已經到了——潔妮・盧米斯、葛蕾欽・波特跟南希，就這樣。我們坐在前廊上，南希拿可樂跟餅乾給我們。葛蕾欽立刻拿走六片巧克力夾心餅，南希問她暑假胖了多少。結果葛蕾欽放回四片餅乾，然後說：「沒多少啦。」

「你們看到蘿拉・鄧克今天早上進教室的樣子嗎？」潔妮問。

「她是哪一個？」我說。

她們都咯咯笑。南希跟我說話的語調，彷彿是我媽。「親愛的瑪格麗特——你不可能錯過蘿拉・鄧克的。就是那個高大的金髮女生，她的那個很大！」

「噢，我馬上就注意到她了，」我說：「她很漂亮。」

「漂亮！」南希嗤之以鼻，「你照子放亮點，離她遠一些，她的名聲不好。」

「什麼意思？」我問。

「我哥說，她會跟他還有穆斯，到超市後面親熱。」

「還有啊，」潔妮補充：「她從四年級就開始穿胸罩了，我敢打賭她的大姨媽也來了。」

「你的大姨媽來了嗎？」南希問。

「什麼來了？」

「你的月經啊？」南希說得好像我早該知道似的。

「噢——沒有，還沒。你的來了嗎？」

南希灌了點汽水，隨即搖搖頭。「我們都還沒來。」

聽到這點我滿高興的。我是說，要是她們都來了，只有我沒來，我會覺得很糟糕。

葛蕾欽咂咂嘴，撥掉懷裡的餅乾屑，然後說：「我們來辦正事吧。」

「同意，」南希說：「首先，我們今年需要替社團取個好名字。每個人都替我們的社團想個名字吧。」

大家安靜下來，每個人都在思考。我其實什麼都沒想，但還是裝出思索的模樣。我對這個社團一無所知，又要怎麼挑名字？

葛蕾欽提議取SGCT，意思是「六年級嬌娃」。潔妮說聽起來很蠢。葛蕾欽回潔妮，如果她那麼聰明，幹麼不提出建議。潔妮建議用MJB女孩，意思就是邁爾斯・J・班奈迪克班上的女生。南希跟潔妮說，她忘了在他的姓氏後面加上「二世」。潔妮一氣之下，去了洗手間。

「既然提到了，」南希說：「你們覺得邁爾斯・J這個人怎麼樣？」

「我覺得他很吸引人！」葛蕾欽竊笑。

「是啊——可是太瘦了。」南希說。

接著我終於找到話講了。「我好奇他結婚了沒有！」

潔妮又回到我們之間。「我猜沒有，他看起來不像結了婚的樣子。」

「總之，你們有沒有看到他注視蘿拉的樣子？」南希問。

「沒有！他有嗎？」葛蕾欽瞪大雙眼。

「當然嘍！男人都忍不住要看她。」南希說。

「可是你們覺得她是故意把自己弄成那樣子的嗎？」我問。

其他人全都笑了出來。南希說：「噢，瑪格麗特！」南希很會讓我覺得自己像笨蛋。

之後我們聊起班奈迪克先生的那些題目，葛蕾欽告訴我們，她寫男老師都很嚴格——因為如果班奈迪克先生覺得我們會怕他，他就會盡量平易近人、對我們好一點。我覺得這招滿高明的，希望自己當初就這麼寫。

「唔，那些題目的重點是要查出我們正不正常。」潔妮說。

我那時倒沒想到這點，現在知道已經太遲了。「他要怎麼看出我們正不正常？」我問。

「還不簡單，」南希說：「從你的答案來看啊。如果你寫我討厭我媽、我爸跟我哥，你這個人可能就很怪。懂了嗎？」

懂了。

南希手指一彈。「我替社團想到一個完美的名稱。」她說。

「是什麼？」葛蕾欽問。

「快說啊。」潔妮說。

「我們就是四個PTS。」

「PTS代表什麼？」潔妮問。

南希把頭髮甩來甩去，綻放笑容。「就是『熱力少女』！」

「嘿，不錯喔。」葛蕾欽說。

「我喜歡。」潔妮尖聲說。

我們透過祕密投票，完成社團名稱的選拔，這個名稱自然過了關。接著南希決定我們應該都要取個響亮的祕密名號，像是亞麗珊德拉、薇若妮卡、金柏莉、麥薇絲。南希搶到了亞麗珊德拉這個名字。我是麥薇絲。

南希提醒我們，不能讓學校的人知道我們的祕密社團，舉行這樣的祕密聚會時，都要用我們的祕密名號。我們都必須鄭重發誓，然後各想一條規則。

南希的規定是，我們都必須穿胸罩。這害得我臉頰紅了起來。我好奇其他人平常是不是已經在穿胸罩。我想潔妮沒有，因為南希說了這個規定之後，潔妮就往下盯著地板。

葛蕾欽的規定是，我們當中大姨媽最早來的，就必須跟其他人好好形容那段經歷，尤其是個人感覺如何。潔妮的規定是，我們身邊都要有一本「男生名冊」，就是在筆記本裡按照好感度，把我們喜歡的男生列出來。我們每星期都必須修改一次清單，然後互相傳閱。

最後南希問我有什麼規定。我想不出跟其他人分量相當的規定，所以我說：「我們每星期固定一天聚會。」

「當然了！」南希說：「可是要選哪天？」

「唔，我不知道。」我告訴她。

「好，我們來想一個適合的日子，」葛蕾欽說：「星期二跟星期四不行，我必須去上希伯來學校。」

「噢，葛蕾欽！」潔妮說：「你跟那個希伯來學校的事，甩不掉了嗎？」

「我是想甩掉啊，」葛蕾欽解釋：「可是我還得再上一年，然後才能結束。」

「瑪格麗特，你呢？你有在念嗎？」潔妮問我。

「你是說希伯來學校嗎？」

「對。」

「沒有，我沒去。」我說。

「瑪格麗特連主日學都沒在上，對吧？」南希問。

「對。」我回答。

「你怎麼有辦法這樣？」葛蕾欽問。

「因為我沒有固定信仰啊。」我說。

「不會吧！」葛蕾欽張大嘴巴。

「你爸媽信什麼？」潔妮問。

「什麼都沒有。」我說。

「這也太酷了吧！」葛蕾欽說。

之後她們只是盯著我，什麼也沒說，害我覺得好蠢，所以我試著解釋。「是這樣的，呃……我爸是猶太人。然後，呃……我媽是基督徒，然後……」

南希臉色一亮。「繼續說。」她說。

這是他們頭一次對我說的話表示興趣。「唔，我媽的爸媽住俄亥俄州，他們跟我媽說，他們不想要猶太女婿。說她如果想毀掉自己的人生，就隨她去吧，不過永遠不會接受我爸成為她老公這件事。」

「不會吧！」葛蕾欽說：「你爸那邊的家人呢？」

「唔，我奶奶也不大高興有個基督徒媳婦，可是至少她接受了這個狀況。」

「所以最後怎麼樣？」潔妮問。

「他們就私奔了。」

「好浪漫喔！」南希嘆氣。

「這就是他們沒有固定信仰的原因。」

「我不怪他們，」葛蕾欽說：「換作是我，也會這樣。」

「可是如果你沒有固定信仰，要怎麼知道應該加入基督教青年會，還是猶太社區中心？」潔妮問。

「我不知道，」我說：「我沒想過，也許我們家兩個都不參加。」

「可是每個人要不屬於這個，就屬於那個。」南希說。

「唔，我猜，那就由我爸媽來決定。」我說，準備換個話題。我原本沒打算要跟他們講自己的事情。「所以呃……我們應該約哪天聚會？」

南希宣布，星期五不適合當聚會日，因為她要上鋼琴課。潔妮星期三要學芭蕾，我說這樣只剩星期一。大家都同意把星期一當成聚會日，下星期我們都必須帶來自己的男生名冊，也要互相檢查是否都穿了胸罩。

聚會結束時，南希在腦袋上方高舉雙臂。她合上眼睛低聲說：「向熱力少女四人組致敬，好耶！」

「熱力少女萬歲。」我們一起跟著說。

晚餐時我在想要怎麼開口跟媽媽說想穿胸罩。我納悶，既然她那麼清楚當一個女生是怎麼回事，為什麼從來沒問過我想不想穿。

她走進房間，給我晚安吻的時候，我脫口而出：「我想要穿胸罩。」就這樣——直截了當。

我媽又打開臥房燈光。「瑪格麗特……怎麼這麼突然?」

「我就是想要嘛。」我躲進被子下面，免得讓她看到我的臉。

我媽深吸一口氣。「唔，如果你真的想要，我們星期六一定要去採購一下。好嗎?」

「好。」我露出笑容。我媽這個人還不賴嘛。

她關了燈，半掩我的房門。我真高興這場對話結束了!

神啊，你在嗎?我是瑪格麗特。我剛剛跟我媽說我想要胸罩。神啊，請幫我發育吧，你知道我指的是哪裡。我想跟其他人一樣。神啊，你知道的，我的新朋友要不屬於基督教青年會，不然就屬於猶太社區中心。我應該往哪個方向走?我不知道你希望我怎麼處理這件事。

6

隔天放學之後，班奈迪克先生把我叫到他桌前。「瑪格麗特，」他說：「我想討論一下你那份『認識你』的報告，比方說，你為什麼討厭宗教節日？」

我真後悔當初這樣寫！我真是笨得可以。如果他真的是想查出我們正不正常，我想他會覺得我是怪咖。

我似笑非笑。「噢，只是隨便寫寫啦，」我說：「我其實一點都不討厭。」

「你一定有自己的原因，你可以放心告訴我，我會保密的。」

我對班奈迪克先生挑起右眉。我很會做這個表情，就是只挑一邊的眉毛。我想不到該說什麼的時候就會這樣，大家馬上就會注意到。有些人還真的問我怎麼辦到的。他們會忘記我們原本在談什麼，只把焦點放在我的右眉上。我不知道自己是怎麼辦到的。我只是想到這件事，眉毛就自動上揚了。我的左眉就沒辦法，只有右眉可以。

班奈迪克先生注意到了，可是沒問我怎麼辦到的。他只是說：「我確定你討厭宗教節日一定有很好的理由。」

我知道他在等我說點什麼，他不打算就這樣算了。所以我決定快刀斬亂麻。「那些節日對我來說都沒什麼特別的，我沒有固定的宗教信仰。」我說。

班奈迪克先生似乎很滿意，彷彿發現了某個深沉黑暗的祕辛。

「原來如此，你爸媽呢？」

「他們也沒有，如果我想要的話，應該會在長大後自己選擇。」

班奈迪克先生交疊雙手，瞅了我半晌，才說：「好吧，瑪格麗特，你現在可以離開了。」

我希望他最後判定我是正常的。我在紐約住了十一年半，從來沒人問過我的宗教信仰，自己也不曾思考過這件事。現在，它突然成了我生活中的大事。

那天晚上，奶奶打電話來的時候，她告訴我，她為我們兩人註冊林肯中心的會員。我們每個月會有一個星期六能夠碰碰面，先吃午餐再去聽音樂會。奶奶真的很聰明。她知道我爸媽永遠不會拒絕讓我每個月有一個星期六到林肯中心。那是文化，他們認為文化非常重要。現在我跟奶奶終於有機會單獨相處一點時間。我很高興林肯中心的活動不是馬上開始，因為我不希望有任何事情干擾我的胸罩日。

星期六一早，穆斯·弗里德過來我們家除草。我爸躲在運動雜誌後面生悶氣。他的手指狀況好多了，可是還裹著繃帶。

穆斯除草的時候，我就在屋外閒坐。我喜歡他邊工作邊唱歌，也喜歡他的牙齒。他對我微笑的時候，我看到了那兩排牙齒，非常潔白，一顆門牙有點歪。我假裝忙著讀一本書，可是其實一直盯著穆斯。如果他看向我這裡，我就趕緊用書本遮住。如果我夠勇敢，穆斯就會是我男生名冊裡的頭號人物，可是南希會怎麼想？她討厭他呀。

午餐過後，媽跟爸爸說我們要去買東西。我們開的還是那輛舊車。我媽覺得我們家現在需要兩台車，因為法布克這裡沒公車，計程車又太貴。爸爸說他會再想想，可是我知道我們很快就會再弄輛車來。媽媽不管什麼事情都能說服我爸。

我媽開車到購物中心，那裡有間羅德與泰勒百貨。我穿著那件藍色方格洋裝，配上樂福鞋，沒穿襪子，水泡上貼了三塊OK繃。

我們先去女士貼身衣物部門，我媽跟那裡的櫃姐說，想替我找找胸罩。櫃姐瞧我一眼，告訴我媽，我們最好去少男少女部門，那裡有尺寸很小的胸罩，我媽向櫃姐道謝。我真是丟臉死了！我們搭電扶梯下樓，往少年少女服飾部走去。那裡展示不少內衣褲，有成套配色的胸罩、內褲跟襯裙。我只穿過白內褲和一般的內搭棉衣；參加派對的時候，有時還會加穿襯裙。我媽走到櫃台，跟櫃姐說我們想看胸罩。

我往後一站，假裝什麼都不知道，甚至彎腰去搔被蚊子剛叮出來的包。

「過來，親愛的。」櫃姐召喚著。

我討厭隨便叫人「親愛的」的人。我走到櫃台，對她挑起右眉。她越過櫃台探出手說：「來量量你的胸圍吧，親愛的。」她用量尺圍住我，然後對我媽微笑說：「三十八。」我好想掐她一把。

接著她拿出一堆胸罩，放在我們面前的櫃台上。我媽全都摸了一遍。

「好了，親愛的——我建議你穿成長胸罩，它會跟著你成長。你還不到穿雙A的程度。這些你試穿一下，看看哪件最舒服。」她帶著我們走到更衣室，那裡有扇可以上鎖的粉紅門。媽坐在更衣室的椅子上。我脫掉洋裝，除了內褲之外，裡頭什麼都沒穿。我拿起第一件內衣，手臂套過胸帶。我扣不上背後的搭釦，必須找媽媽幫我。她調整肩帶，摸摸我的前側。「感覺怎樣？」她問。

「我不知道。」我說。

「會太緊嗎？」

「不會。」

「太鬆嗎？」

「不會。」

「喜歡嗎？」

「大概吧……」

「試穿這一件看看。」

她幫我脫掉第一件，套上另一件。我納悶著要怎麼學會自己穿。也許媽媽每天都得替我穿。

第二件比前一件柔軟。我媽解釋是人造纖維做的。我喜歡它摸起來的感覺。媽媽點點頭。第三件滿花稍的，上頭附有蕾絲，搔得我好癢。媽說這件不實用。

我正要換回洋裝時，櫃姐敲起門來。「試穿得怎樣？找到適合的嗎？」

我媽告訴她我們找到了。「我們要買三件這款的。」她舉起那件柔軟的胸罩說。

我們回到櫃台時，竟然碰到了潔妮．盧米斯跟她媽。

「噢，嗨，瑪格麗特，」她說：「我要買冬天穿的睡衣。」她臉頰亮紅，我看到她面前的櫃台上放了幾件內衣。

「我也是，」我說：「我要買冬天穿的法蘭絨睡衣。」

「唔，星期一見。」潔妮說。

「嗯——星期一見。」真高興我媽在櫃台另一端替我的胸罩付錢。

7

一回到家，我直接把包裹帶回自己房間，隨即脫掉洋裝，試穿胸罩，先在腰部那裡繫好搭釦，再往上扭到它該去的地方。我肩膀用力往後收，側身站著。看起來沒什麼不同。我拿出一雙襪子，在胸罩兩邊各塞進一隻，看看胸罩是不是真的會跟著我長。我感覺太緊，但喜歡它看起來的樣子，就像蘿拉・鄧克。我抽出襪子收起來。

我爸在晚餐的時候恭喜我。「唔，你真的在成長呢，瑪格麗特，不再是小姑娘了。」

「噢，把拔！」我只想到要這麼說。

星期一，我細看班上的男生。三點以前，我必須在男生名冊裡寫上幾個名字。我挑了菲利浦・里洛依，因為他長得最帥。還有傑・哈塞勒，因為他有好看的棕色眼眸，指甲很乾淨。我決定寫到這裡為止，到時候再解釋我不認識其他男生。

鐘聲響起以前，班奈迪克先生告訴我們，他打算請我們每個人做一項為期一學年的個人作業。

全班大發牢騷。

班奈迪克先生舉起雙手。「好了，各位，沒有聽起來這麼糟啦。首先呢，這是個人的東西——只有你和我會知道。我不會事先過問你們要做哪個主題，我希望你們自己挑選，然後按照自己的方式進行。我唯一堅持的事情是，這得是某件……呃……有意義的事。」

更多牢騷。

班奈迪克先生一副大受打擊的樣子。「我原本希望你們會覺得很有意思。」

可憐的班奈迪克先生，他真的很失望。他跟我們講話的方式，讓我覺得我們害他很緊張。沒人露出怕他的樣子，你永遠都應該有點怕自己的老師才對。有時候他只是坐在桌前，往外眺望我們，彷彿不敢相信我們真的在場。南希特別強調，他從沒叫蘿拉·鄧克回答過問題，這點我倒是沒注意到。

我們排路隊要回家的時候，他提醒我們，星期四有小考，範圍是社會課本頭兩章。他請我們務必好好準備。大多數老師從來都不說「請」的。

放學後，我們直接殺到南希家。正式的聚會開始以前，我們聊到班奈迪克先生跟他出的作業。這個構想很瘋狂，我們誰也想不出點子來。

接著南希點名。「薇若妮卡？」

「到。」葛蕾欽說。

「金柏莉？」

「到。」潔妮說。

「麥薇絲？」

「到。」我說。

「我也到了……亞麗珊德拉，」南希闔起點名簿，「唔，開始吧。我們要互相摸背，確定大家都穿了胸罩。」

我們都穿了。

「你買哪個尺碼，潔妮？」葛蕾欽問。

「我買了成長胸罩。」潔妮說。

「我也是。」我說。

「我也是！」葛蕾欽笑了出來。

「我可不是，」南希得意地說：「我穿三十二號雙A。」

我們都很佩服。

「如果你們想換掉這種娃娃胸罩，就必須運動。」她告訴我們。

「哪種運動？」葛蕾欽問。

「像這樣。」南希說，她握起拳頭，在手肘那裡彎起手臂，往前挺起胸膛，來回揮動手臂。她說：「我一定——我一定——我一定要長胸。」她反覆再三的說。我們模仿她的動作，跟她一起誦念：「我們一定——我們一定——我們一定要長胸！」

「不錯，」南希告訴我們：「每天做三十五下，保證會看到成果。」

「好了，輪到男生名冊了，」葛蕾欽說：「大家都準備好了嗎？」

我們把男生名冊放在地板上，南希拿起名冊，一次一本。每一本她都先讀過，再傳給我們其他人看。潔妮的最先輪到，她列了七個名字，第一個是菲利浦・里洛依。南希列了十八個男生，我認識的男生都還不到十八個！排第一的是菲利浦・里洛依。南希看我的男生名冊時，被她那杯可樂裡的冰塊嗆到，好不容易才換過氣來讀出聲：「第一——菲利浦・里洛依。」大家都在竊笑。「第二——傑・哈塞勒，你怎麼會選他啊？」

我的火氣漸漸冒起來。我是說，她沒問其他人，為什麼喜歡這個人或那個人，卻偏偏叫我說？我對南希挑挑眉，再別開臉。她收到我的暗示了。

我們都看完之後，南希打開臥房房門。依凡跟穆斯正在偷聽。他們尾隨我們走下樓梯，到了屋外。南希說「走開啦，我們很忙」的時候，依凡跟穆斯爆出笑聲。

他們高喊：「我們一定——我們一定——我們一定要長胸！」然後倒在草地上滾來滾去，狂笑不已，我真希望他們兩個笑到尿褲子。

星期三，在複習算術的時候，我聽到有隻鳥發出嗶噗聲。不少小鬼都聽到了，班奈迪克先生也是。我之所以知道，是因為他抬起頭。我回頭去看算術問題，可是不久又聽到了嗶噗聲。

第二次嗶噗聲之後，班奈迪克先生走到窗前，將窗戶大大打開，遠遠探出頭去，東張西望一番。他這麼做的時候，教室裡又響起三次嗶噗聲。班奈迪克先生走到桌前，雙手收在背後站著。嗶噗。我看著南希，確定聲音是她發出來的。可是她沒看我，什麼也沒說。班奈迪克先生坐下來，用手指輕敲辦公桌桌面。不久，我們教室聽起來就像養滿小鳥的寵物店。每一秒都有嗶噗聲響起，令人忍不住竊笑。南希從桌底下踢我一腳的時候，我知道該輪到我了。我垂著腦袋，用橡皮擦塗掉一個題目的答案，在吹走橡皮擦屑的時候，同時發出——嗶噗。等班奈迪克先生朝我這邊望過來的時候，教室另一頭又響起一聲嗶噗。我想是菲利浦．里洛依發出來的。我們一直在等班奈迪克先生說些什麼，但他遲遲沒開口。

隔天早上進教室發現，我們的課桌已經重新排過。不是四張並排，而是在整間教室裡排成大大的U字型。每張課桌上都貼了名牌。我的一邊是佛萊迪．巴內特，我對他一點好感也沒有，還很確定他是個麻煩精。因為開學第一天，我看到他站在傑．哈塞勒後面，傑正準備坐下的時候，佛萊迪．巴內特抽走他的椅子，害得傑一屁股跌在地上。真討厭做這種事的小鬼！我一定要小心，別掉進龍蝦的陷阱裡。我們都這樣叫佛萊迪，因為開學第一天，他晒得渾身亮紅來上學。

可是我另一邊的狀況更糟，是蘿拉．鄧克！我連往她那邊看都不敢。南希警告過我，名聲會傳染。唔，其實無需擔心，因為蘿拉也沒往我這邊看。她直直盯著前方。想當然，熱力少女四人組活生生被拆散了。不過，南希（好幸運！）竟然分到了菲利浦．里洛依的隔壁！

不再有嗶噗聲了。班奈迪克先生提醒我們，社會科小考就在明天。下午我們上體育課，班奈迪克先生要帶男生打棒球，把班上女生交給體育老師艾伯特小姐，她要我們按照身高排好隊伍。我是前排倒數第三個，潔妮排頭一個，蘿拉．鄧克排最後一個，葛蕾欽跟南希在中間。我們排好隊伍以後，艾伯特小姐談起姿勢以及站直身子有多重要。「不管你有多高，都一定不能彎腰駝背，因為身高是很大的祝福。」艾伯特小姐說完就站起來，深吸幾口氣。她肯定有一百八十公分高。我跟潔妮面面相覷、竊笑起來；我們可沒受到什麼祝福。

接著艾伯特小姐告訴我們，既然我們升上六年級，就代表已經長大了，這個學年會上一些主題。「是專門針對女生、非常私密的主題。」她只這樣說，可是我明白她指的是什麼。學校為什麼要等到六年級呢，到了這個時候你早就什麼都曉得了！

那天晚上我非常用功，把社會課本的頭兩章讀了四遍。然後坐在臥房地板上做運動。「我一定——我一定——我一定要長胸！」我做了三十五遍，才爬上床。

神啊，你在嗎？是我，瑪格麗特。我剛剛做了幫助自己發育的運動。神啊，你有沒有想過這件事呢？我是說，關於我發育的事。我現在有胸罩了，如果有點料可以裝進去，會滿好的。當然，如果你覺得我還沒準備好，我也可以理解。神啊，明天學校有個測驗，請讓我得到好分數。我希望你以我為榮。謝謝你。

隔天早上，班奈迪克先生親自把測驗紙發給大家。題目已經寫在黑板上。他說，我們一拿到紙就可以開始作答。龍蝦佛萊迪戳戳我，低聲說：「別寫名字。」

「你說別寫名字是什麼意思？」我低聲回應。

佛萊迪低聲說：「大家都不寫自己的名字，班奈迪克就不會知道哪張考卷是誰的，懂了嗎？」

我懂是懂，可是不喜歡這樣，尤其我把那幾章讀了四遍。可是如果沒人要在試卷上寫名字，我也不要寫。我覺得自己上當了，因為班奈迪克先生永遠不會知道我有多認真準備。

我不到十五分鐘就答完了所有問題。班奈迪克先生請潔妮替他收考卷。我無法想像，當他發現沒人在試卷上寫名字，會對我們怎麼樣。我想他會火冒三丈，可是除了讓全班在放學之後留下來，他也無法做些什麼。學校總不可能開除我們全班吧。可能嗎？

8

星期五早上，我們一走進教室就發現，每個人的課桌上都有張試卷。每張試卷都打了成績，還寫上了名字。我得到九十八分，感覺很棒。佛萊迪・巴內特很慘，才五十三分！我們試卷上沒寫名字的事，班奈迪克先生一個字也沒提。他只是面帶笑容站在那裡，「大家早啊。」他沒先清喉嚨就開口。我想他知道自己打贏了這場戰爭。

那天稍晚，班奈迪克先生再次提醒我們那項個人計畫。他告訴我們，不要等到最後一刻才進行，別以為倉促之間就能完成。他說下星期結束前，我們都應該知道自己的主題，並且開始做筆記。

我花了不少腦筋想這個計畫。可是我不知道什麼事有意義，而又願意跟班奈迪克先生分享的東西。我是說，我總不能花一年時間研究我的胸罩跟胸罩裡面的進展，然後做成報告吧。也不能把我對穆斯的感覺拿來做研究。更不能談神的事，咦，也許可以喔？我是說，不是講神——我永遠不會跟班奈迪克先生說這件事——不過也許我可以談談宗教信仰。如果我能想通自己該信哪種宗教，就會知道我想參加基督教青年會還是猶太社區中心。這滿有意義的，不是嗎？我必須好好想想。

神啊，你在嗎？是我，瑪格麗特。如果我用宗教信仰當成作業的題目，你覺得怎樣？神啊，你不會介意吧？我會跟你講所有的經過。而且我在問你以前，不會隨便做出任何決定。我想時候到了，我該決定自己要信哪種宗教。我總不能永遠什麼都不信吧？

週六早晨，我媽開車載我走公路去搭紐約公車。這是我頭一次自己去，我媽滿緊張的。

「聽著，瑪格麗特——不要坐任何男人的隔壁。要不自己坐，不然就找一個看不起來不錯的女士坐一起。盡量坐前面的位置。如果公車沒空調，就開自己座位的窗戶。抵達的時候，找個女士問要怎麼下樓。奶奶會在服務台那裡跟你碰面。」

「我知道，我知道。」這些事情我們已經複習了幾十遍，可是當公車靠站的時候，我媽竟然走下車，對著司機大喊。

「這個小女生要自己搭，麻煩盯著她，這是她第一次單獨上路。」

「別擔心，女士。」司機告訴我媽。媽媽這才對我揮揮手，我對她扮了個鬼臉，隨即撇開腦袋。

我在奶奶該在的地方找到她，她給了我一個大大的吻，而且她身上的味道好好聞。奶奶穿著綠色套裝，畫了好多綠色眼影來搭配。奶奶的髮色大概一個月會變一次，這回是銀金色的。

我們走出公車總站時，奶奶說：「瑪格麗特，你看起來好漂亮。

我喜歡你的髮型。」

奶奶總是有好話對我說。我的頭髮確實比較好看了。聽說如果好好梳頭髮，一個月可以長出二點五公分。

我們到林肯中心附近的餐廳吃午餐。我在吃巧克力百匯的時候，低聲說：「我穿了胸罩喔，你看得出來嗎？」

「當然看得出來。」奶奶說。

「是嗎？」我真的很驚訝，暫時停下不吃。「唔，你覺得胸罩讓我看起來怎樣？」

「長了好幾歲。」奶奶在啜飲咖啡的空檔說。我不知道該不該相信她，索性就相信吧。

之後我們去聽音樂會。我不像小時候那樣坐立不安。這回我靜靜坐著不動，注意聽音樂。中場休息時，我跟奶奶到外頭繞繞。我很喜歡林肯中心中央的噴泉，喜歡的程度甚至超過音樂會本身。而且我很喜歡看著人群走過。有一次就看到模特兒在噴泉旁邊拍照，那天冷颼颼，她卻穿著夏季洋裝。就在那時，我決定即使有一天我變美了，也不要當模特兒。

搭計程車回公車總站的路上，我想到奶奶是猶太人這件事。若想找人替我那項作業打先鋒，她絕對是不二人選。於是我問她：「可以找個時間跟你去猶太會堂嗎？」

奶奶用力盯著我。我沒見過有人把眼睛瞪得這麼大。

「你說什麼？你是說你想信猶太教嗎？」她屏住氣息。

「不是，我是說我想去會堂看看狀況。」

「我的瑪格麗特！」奶奶用力摟住我。我想計程車司機一定覺得我們瘋了。「我就知道你內心是個猶太姑娘！我一直都知道！」奶奶拿出蕾絲手帕，揩揩雙眼。

「我不是，奶奶，」我堅定的說：「你知道我沒有任何信仰。」

「隨你怎麼說，我永遠都不會相信，永遠不會！」她擤擤鼻子。擤完鼻子之後，她說：「我知道是怎麼回事。你在法布克交了很多猶太朋友，我說對了嗎？」

「不是，我朋友跟這件事一點關係都沒有。」

「那是怎樣？我不懂。」

「我只是想知道怎麼回事。所以，可以嗎？」我當然不會跟奶奶說班奈迪克先生的事。

奶奶往後靠坐，對我燦爛一笑。「我好高興！我一回家就要打電話給拉比*。猶太新年的時候，你就跟我一起去會堂吧。」接著她收斂起笑容問道：「你媽知道這件事嗎？」

我搖搖頭。

「你爸呢？」

我再次搖頭。

奶奶用手猛拍額頭。「你千萬要告訴他們，那可不是我出的主意啊。這下子我麻煩可大了！」

「別擔心，奶奶。」

「太荒謬了！」我告訴老媽的時候，她說：「你明明知道我跟爹地對宗教的感受。」

「你說過，等我長大就可以自己選！」

「可是你還沒準備好要選啊，瑪格麗特！」

「我只是想試試看，」我爭辯說：「我也會去試試教會，所以不要歇斯底里了！」

「我才沒有歇斯底里！我只是覺得，對你這個年紀的女生來說，花心思在宗教上滿愚蠢的而已。」

「我可以去嗎？」我問。

「我不會攔你。」我媽說。

「好，那我就去。」

---

*拉比，一般是指猶太教中有學問的學者，也擔任許多猶太教儀式的主持。

猶太新年的早晨，還躺在床上時，我說：

神啊，你在嗎？是我，瑪格麗特。我今天要去猶太會堂——跟奶奶一起。這是個節日，我想你知道。唔，我爸認為這樣做是錯的，我媽認為這個主意很瘋狂，可是我還是要去。我確定這樣會幫我決定以後要信什麼。我沒進過會堂或教堂，神啊，我會在那裡找找你的。

9

媽媽說，猶太節日大家都會穿新衣。我穿上新套裝，搭配小絲絨帽。就十月來說，今天滿熱的。我爸說他記得自己小時候，每逢猶太節日，天氣總是很熱。按規矩，我必須戴白手套，害我的手熱到猛出汗。等我到了紐約，手套都髒兮兮了，所以我脫掉手套，塞進提袋。奶奶在公車總站的老地方跟我會面，帶我搭計程車去她的會堂。

我們在十點半抵達。奶奶必須向接待員出示一張卡片，由他領著我們到指定的座位，是第五排的中間。奶奶對坐在她附近的人低聲介紹，我是她孫女瑪格麗特。那些人面露笑容看著我，我報以笑容。當拉比登上講台、舉起雙手的時候，我很開心。柔和的風琴音樂隨之奏起，音色很美。拉比一身白色長袍，看起來就像牧師，只是沒有牧師一般會戴的羅馬領*。還有，他的腦袋上有頂小帽子，奶奶稱之為「亞莫克便帽」。

拉比歡迎我們，接著開始做一堆我不明白的事情。我們必須頻繁的起立跟坐下，有時候要一起用英文朗讀祈禱書。我不大懂得朗讀的內容。有時候，合唱團會唱歌，還有風琴演奏，這絕對是最棒的部分。有些儀式用希伯來文進行，看到奶奶懂得怎麼跟著拉比一起誦念，我滿意外的。

我常常東張西望，看看到底發生了什麼事。可是我坐在第五排，除了前面四排之外，看不到太多東西。我知道轉頭去看背後會很失禮。講台上有兩只大銀碗，裡面裝滿了白花，非常漂亮。

到了十一點半，拉比開始演說，奶奶稱為「講道」。起初我很拚命想聽懂他在講什麼，可是不久之後，就乾脆放棄了，轉而數算有幾頂不同顏色的帽子。拉比講完以前，我數到八頂棕色、六頂黑色、三頂紅色、一頂黃色和一頂豹紋。之後我們再次全體起立，大家都用希伯來文唱一首我不知道的歌。就這樣！我本來期待還有別的什麼，雖然我不知道到底是什麼，也許是一種感覺。可是我想你必須去不只一次，才能真正懂得。

我們列隊穿過走道時，奶奶把我拉到一旁，遠離人群。「想不想見見拉比啊，瑪格麗特？」

「我不知道。」我說。我真的想去外面透透氣。

「唔，你會見到他的！」奶奶對我微笑，「你的事情我都跟他說了。」

我們排隊等著跟拉比握手。過了好久，終於輪到我們。我跟克勒曼拉比面對面。他滿年輕的，看起來有點像邁爾斯・J・班奈迪克二

---

*羅馬領是天主教神職人員的日常服飾，一般從外表看領口處有個白色硬片，其實是一個類似項圈的東西。

世，不過身材沒那麼瘦。

奶奶對我低語。「握手啊，瑪格麗特。」

我伸出手。

「拉比，這是我孫女，就是我跟你提過的那個……瑪格麗特．賽門。」

拉比握了握我的手。「對，當然，瑪格麗特！Good Yom Tov。」

「是。」我說。

拉比笑了。「剛剛那句話的意思是『新年快樂』，我們今天就是在慶祝新年。」

「噢，」我說：「唔，也祝你新年快樂，拉比。」

「你喜歡我們的儀式嗎？」他問。

「噢，喜歡，」我說：「喜歡極了。」

「那就好——那就好，」他又握著我的手上下搖了搖，「瑪格麗特，隨時歡迎再來，多多認識我們。多多認識我們和神。」

我回到家的時候，又得接受一番審問。

「唔，」我媽說：「狀況怎樣？」

「還好吧。」

「你喜歡嗎？」她問。

「滿有趣的。」我說。

「有沒有學到什麼？」我爸想知道。

「唔，」我說：「前五排有八頂棕色帽子跟六頂黑帽。」

我爸哈哈笑。「我小時候都數帽子上有幾根羽毛。」然後我們一起笑了。

神啊，你在嗎？是我，瑪格麗特。我現在真的開始進行嘍。等這個學年結束，我就會知道關於宗教信仰的所有事情。上國中以前，我會知道自己要信哪一個教，然後就可以跟其他人一樣，加入基督教青年會或是猶太社區中心了。

10

十一月的第一個星期，發生了三件事情。蘿拉．鄧克頭一次穿毛衣上學。班奈迪克先生的眼珠子差點蹦出腦袋。其實我沒注意到班奈迪克先生的眼睛，是南希告訴我的。龍蝦佛萊迪也注意到了。他問我：「你穿毛衣怎麼不像那樣啊，瑪格麗特？」然後一個人哈哈大笑，猛拍自己的大腿。我心想，一點都不好笑。我天天穿毛衣，是因為毛衣多得不得了，全都是奶奶特地為我織的。即使我在胸罩裡塞襪子，看起來還是不像蘿拉．鄧克。我納悶她是不是真的跟依凡、穆斯到超市後面親熱，為什麼她要做這種蠢事？

我跟著想起了穆斯，他替我們家除草、清走落葉之後，說他等春天再回來。除非我在南希家碰到他，不然整個冬天都不會見到他了。或許他根本不知道我的存在啦——打從我們的豐胸口號意外之後，我不得不躲著他，可是我都會從臥房窗戶偷偷看他。

第二個事件是，我跟潔妮・盧米斯一起上教堂了。我跟潔妮交情好了起來。我們上體育課的時候處得特別好，因為排第二的那個女生露絲常常缺席，我跟潔妮有更多機會聊天，有一次我劈頭就問她，她平常上不上教堂。

「必要的時候會去。」她說。

所以我問她，能不能找個時間跟她同行，只是想看看上教堂的感覺，她說：「好啊，這個星期天怎麼樣？」

所以我就去了。最好笑的是，那裡就跟會堂一樣，只是全程講英文。可是我讀不懂我們朗讀的祈禱書，牧師講道，我也跟不上，我數了八頂黑帽、四頂紅帽、六頂藍帽跟兩頂皮草帽。儀式快結束的時候，大家合唱聖歌。之後我們就排隊輪流跟牧師握手。到了這個階段，我已經駕輕就熟。

潔妮介紹我。「這是我朋友瑪格麗特．賽門，她還沒有固定信仰。」

我差點暈倒。潔妮為什麼非得那樣說不可啊？牧師看著我的樣子，彷彿我是怪胎。接著他露出恍然大悟的笑容——一副「也許我可以把她拉進我方陣營」的表情。

「歡迎來到第一長老教會，瑪格麗特，我希望你會再來。」

「謝謝您。」我說。

神啊，你在嗎？是我，瑪格麗特。我去了教會，在裡頭我沒什麼特別的感覺，神啊，即使我想要也沒有。我確定這件事跟你沒關係。下一次我會更努力。

這段時間，我每天晚上都跟南希聊天。我爸想知道，我們在學校整天膩在一起，為什麼還需要這麼常通電話。「才分開三小時，怎麼可能有什麼好討論的？」他問。我才懶得解釋呢。我們很多次都在電話上做數學作業。做完的時候，南希會打電話給葛蕾欽對答案，我則會打給潔妮。

那個星期發生的第三件事情就是，我們校長透過擴音器宣布，親師會要替六年級三個班級學生舉辦感恩節方塊舞會。班奈迪克先生問我們知不知道怎麼跳方塊舞，大多數人都不會。

南希向熱力少女成員說，方塊舞一定會很棒，她對這件事瞭若指掌，因為她媽是親師會成員。她說我們應該寫下自己想跟誰共舞，她看看能不能安排一下。結果我們都想跟菲利浦．里洛依共舞，所以南希說：「算了——我又不會魔法。」

接下來兩星期，我們的體育課全花在練習方塊舞。班奈迪克先生說，親師會替大家辦舞會，我們至少可以學會基本舞步，以表示我們的感謝。我們跟著唱片練習，班奈迪克先生拍著雙手，到處跳來跳去。他必須示範舞步的時候，就找蘿拉・鄧克當舞伴。他說那是因為她長得夠高，搆得到他的肩膀。可是南希給了我一抹會意的表情。總之，我們班上的男生都不想當蘿拉的舞伴，因為他們比她矮多了，連菲利浦・里洛依都只到她的下巴，而他還是班上最高的男生呢。

方塊舞課的問題就是，比起學會怎麼跳舞，大部分的男生對於踩我們的腳更有興趣，其中有幾個拿手到可以跟著音樂節拍踩我們的腳。大多數時候，我的注意力都放在保護自己的腳上，免得被踩爛。

方塊舞會那天早上，我穿了新裙子搭配新襯衫。

神啊，你在嗎？是我，瑪格麗特。神啊，我巴不得兩點快到。我們的舞會就是那個時間開始。你想我能跟菲利浦・里洛依跳到舞嗎？我對他這個人不是很有好感，神啊，可是就男生來說，他長得很帥。我很想跟他共舞……只要一、兩次就好。神啊，謝謝你。

親師會負責布置體育館，我想他們的目標是讓這裡搖身變成穀倉。體育館裡有兩堆乾草跟三個稻草人。牆上掛了個大告示牌，用黃色字母寫著：歡迎來到六年級方塊舞會……彷彿我們不知道似的。

我很高興我媽不是負責伴隨*的人。要在舞會上表現得很自然就已經夠難的了，當你自己的媽媽在場時更是難如登天。我之所以知道，是因為惠勒太太是伴隨人員，南希整個心慌意亂。那些伴隨的打扮也很滑稽，就像農夫什麼的，我是說，南希的媽媽穿著吊帶褲搭格子衫，戴著一頂大草帽，南希只能假裝不認識她，這點實在情有可原。

現場有個貨真價實的方塊舞步指揮，打扮得跟惠勒太太很像。他站在舞台上，告訴我們該怎麼跳。他也負責操作唱機。只見他用力跺腳，跳來跳去，偶爾我會看到他用紅手帕抹抹臉。班奈迪克先生一直

*「伴隨」指的是少年少女參與社交活動時，通常會有家長或老師在一旁保護與監督。

要我們順應這場舞會的精神。「放鬆，好好享受。」他說。

三班六年級生原本應該要多多交流，可是熱力少女四人組一直黏在一起。只要換了條舞，我們就必須列隊，女生排在一側，男生排在另一側，這就是分配舞伴的方法。唯一的問題是，女生比男生多四個，所以只要落到隊伍末尾，就必須跟另一個剩下的女生共舞。感謝老天，這種狀況我跟潔妮都只發生一次。

我們拚命想早點弄清楚，下一個舞伴輪到誰。比方說，我知道我排在第四個的時候，諾曼·費許賓會成為我的舞伴，因為他在男生那側排第四。所以我加快換位的速度，因為諾曼·費許賓是我們班的頭號無聊鬼。唔，至少是那幾個超級無聊鬼之一。還有，也要避開佛萊迪·巴內特，因為他只會調侃我，說我為什麼穿起毛衣不像蘿拉·鄧克。可是我注意到，他一跟她共舞，就滿臉通紅，比他晒傷的時候更像龍蝦。

女生換位換得比男生頻繁，因為大多數女生都想找菲利浦·里洛依當舞伴。好不容易我終於碰上他了。事情的經過如下：等每個人都有舞伴之後，大家必須圍出方形。我的舞伴是傑・哈塞勒，他很客氣，一次也沒試著去踩我的腳。接著舞步指揮要我們跟右邊的人交換舞伴。唔，南希就在我右邊，而她的舞伴正是菲利浦・里洛依，南希簡直氣壞了，差點淚灑當場。雖然我很高興能跟菲利浦・里洛依跳一整張唱片，但是他還真的很愛踩人的腳！而且跟他跳舞，害我的手猛出汗，不得不在新裙子上把手擦乾。

四點的時候，伴隨們提供我們水果調酒跟餅乾；四點四十五分舞會結束，媽開著我們家的新車來載我（我爸在萬聖節左右就屈服了，媽媽當時解釋說，她沒車子，連一瓶牛奶都沒辦法買。而且天氣很差的時候，瑪格麗特不可能走路上下學，而天氣不久就要變壞了。媽不喜歡爸爸的提議——他說如果她早起先開車載他到車站，整天都可以開他的車）。新車是綠色的雪佛蘭。

我媽急著離開舞會現場回家去，她每年聖誕節都會送出一堆自己的畫作，她有幅新畫正畫到一半，那是為了向感恩節致敬而畫了多種不同的水果。爸爸覺得那些畫最後一定都會淪落到大家的閣樓去。

11

十二月的第一個星期，我們在熱力少女聚會上，不再用祕密名號，南希說太容易搞混了。我們也快放棄男生名冊了。首先，那些名字從來都不曾變動。南希勉強把她自己列的名單調動了一下順序。名單上有十八個男生，要換順序很簡單。可是我、潔妮跟葛蕾欽一直都把菲利浦・里洛依列在第一位，整件事一點懸疑感都沒有。而且我納悶，她們把菲利浦・里洛依列出來，是因為她們真心喜歡他，還是跟我一樣——只是因為他長得帥，才把他列在第一名。或許她們也不好意思寫出自己真正喜歡的人。

葛蕾欽終於鼓起勇氣，偷偷把她爸爸的解剖書帶出來的那天，輪到在我家聚會，就在我房間。我們關上房門，還用椅子抵住。我們圍成圈圈坐在地上，翻到書上講男性身體的章節。

「你們想，菲利浦．里洛依沒穿衣服的時候，看起來就像這樣嗎？」潔妮問。

「當然嘍，傻瓜！」南希說：「他是男的，不是嗎？」

「看看那些血管跟一堆有的沒的。」潔妮說。

「唔，這些我們也都有啊。」葛蕾欽說。

「我覺得好醜喔。」潔妮說。

「那你最好別當醫生或護士，」葛蕾欽告訴她：「他們一直都要看這些東西。」

「翻到下一頁，葛蕾欽。」南希說。

下一頁是男性的生殖系統。

我們沒人吭聲，只是盯著直看，直到南希告訴我們：「我哥就是這個樣子。」

「你怎麼知道？」我問。

「他會光著身子走來走去。」南希說。

「我爸以前也會光著身子走來走去，」葛蕾欽說：「可是他最近改了。」

「我阿姨之前夏天參加過天體營。」潔妮說。

「真的假的！」南希抬起頭來。

「她在那裡待了一個月，」潔妮告訴我們：「她做了這件事之後，我媽覺得很丟臉，三個星期都不跟她講話。我阿姨已經離婚了。」

「是因為參加天體營嗎？」我問。

「不是，」潔妮說：「她去以前就離婚了。」

「你想天體營那邊的人都在幹麼？」葛蕾欽問。

「只是光著身體走來走去。阿姨說那裡很平靜。可是我絕對不會在任何人面前赤裸裸的走來走去！」

「等你結婚以後呢？」葛蕾欽問。

「即使到那時候也一樣。」潔妮堅持。

「你還真是古板耶！」南希說。

「哪有！這個跟古板又沒關係。」

「等你長大，想法就會變了，」南希告訴她：「你會希望每個人都盯著你看，就像《花花公子》裡的女生。」

「什麼《花花公子》的女生？」潔妮問。

「你連一本《花花公子》也沒看過嗎？」

「要去哪裡看？」潔妮問。

「我爸就會買。」我說。

「拿得到嗎？」南希問。

「當然。」

「唔，那就去拿啊！」南希對我說。

「現在嗎？」我問。

「當然。」

「唔，這樣不好吧。」我說。

「聽著，瑪格麗特——葛蕾欽費了好大力氣才把她爸的醫學書偷帶出來，你至少可以拿《花花公子》給我們看看吧。」

於是我打開房門下樓去，試著回想之前在哪裡看到最近一期。我不想問我媽。也不是說拿給我朋友看是很不對的事，只是說，如果很不對，我爸應該就不會買了吧？不過我想他最近開始藏匿這本雜誌，因為不在以前用來收納的雜誌架上。最後終於在他的床頭櫃抽屜裡找到了。如果我媽逮到我、問我在幹麼，我想我會說我們在做小書，需要從舊雜誌剪東西來貼，但她沒逮到我。

南希馬上翻到雜誌的裸女圖片那裡，前一頁上有關於裸女的介紹，上頭寫著：希拉芮・布萊特十八歲。

「十八歲！只比我們多六歲。」南希尖聲說。

「可是看她的胸部，超大的！」潔妮說。

「你們想，等我們到十八歲會長成這樣嗎？」葛蕾欽問。

「如果你們問我，我覺得她一定有什麼毛病，」我說：「她的比例根本不對！」

「你們想，蘿拉．鄧克就是長這樣嗎？」潔妮問。

「不是，還沒有，」南希問：「不過她到十八歲可能就會喔！」

聚會結束以前，我們做了五十輪的「我們一定──我們一定──我們一定要長胸」運動！

12

十二月十一日，奶奶搭遊輪去加勒比海三個星期。她每年都去，今年爸媽答應讓我去她在船上房間的順風派對。我媽送奶奶一只綠色絲絨盒，用來保護她的珠寶。那只盒子很不錯，裡面鋪滿了白色天鵝絨。奶奶道了謝，還說她的珠寶未來都要給「她的瑪格麗特」，所以得看好才行。奶奶總愛提醒我，人不會永遠活下去，說她擁有的一切都會給我，我不喜歡她那樣講話。她曾經告訴我，她已經請律師準備她的葬禮指示，這樣事情就可以照她計畫的進行。比方說，她想躺在哪種棺材入土，不要任何人上台發表悼詞，還有我一年只該來一、兩次，看看她的墳地是不是美觀又整齊。

我們在船上待了半小時，然後奶奶吻了我說再見，答應哪天帶我一起搭船旅行。

到了下個星期，我媽開始寫聖誕卡片的寄件地址，連續幾天都為了這些賀卡忙得不可開交。她不叫它們聖誕賀卡，而說是「佳節問候」。其實我們家從不慶祝聖誕節，但是會送禮物，不過我爸媽說這是美國傳統習俗。我爸說，我媽和她的賀卡跟她的童年有關。她會寄卡片給以前一起長大的人，他們也會回寄卡片給她。一年一次，她會發現誰跟誰結了婚，又有誰生了孩子等等的消息。她也寄了一張給她哥哥，他住加州，我沒見過他。

今年我發現一件很奇怪的事：我媽準備寄卡片給她住俄亥俄州的爸媽。我之所以會發現，是因為有一天我感冒生病、留在家裡沒上學，閒來無聊去翻那疊卡片，就這樣看到了那一張。信封上寫著保羅·哈欽斯先生與夫人，就是他們。我的外公外婆！我完全沒跟老媽提這件事。我的感覺是，我不該知道這件事。

在學校，班奈迪克先生忙著調查合唱團新唱袍的狀況如何。全校正忙著為家長籌備一場「聖誕節—光明節」慶典，由我們班負責合唱，我們甚至不用先試唱就敲定了，全憑校長宣布：「班奈迪克先生的班級負責合唱。」我們每天跟著音樂老師拚命練唱。我想，等到聖誕節，我就沙啞了。我們學了五首聖誕頌歌、三首光明節歌曲——低音部跟高音部。大部分的男生唱低音，女生唱高音。親師會認定原本的袍子太老舊，感恩節過後，學校幫我們量身，訂作合唱團新唱袍。我們的新袍會是綠色，而不是黑色。到時候我們都必須捧著鉛筆大小的手電筒，而不是蠟燭。

我們練習列隊穿過走道、走進禮堂，一面用英文跟拉丁文唱著《齊來崇拜》。男生女生分成兩排行進，當然又是按照身高排順序。我走在潔妮的正後方，因為露絲搬走了。結果發現我旁邊是諾曼・費許賓，我從來不看他，只是目不斜視的踏步前進，放聲高歌。

慶典前一週，艾倫．哥登跟班奈迪克先生說，他不打算唱聖誕歌曲，因為違反他的宗教信仰。接著麗莎．莫菲舉起手，說她不準備唱光明節的歌曲，因為違反她的宗教信仰。

班奈迪克先生解釋，歌曲是為所有人唱的，跟宗教信仰沒有關係，可是隔天，艾倫從家裡帶了張紙條來，之後他就只是跟著隊伍走，不開口唱歌。我們列隊行進的時候，麗莎會開口唱，可是輪到光明節歌曲的時候，她的嘴唇也不動。

神啊，你在嗎？是我，瑪格麗特。我希望你知道，我今年花了不少心思思考聖誕節與光明節。我試著要決定，哪個對我來說特別有意義。神啊，我真的很努力想，可是到目前為止，我還找不到答案。

我們的新綠袍在慶典前一天送到學校，由我們各自帶回家熨平。

關於這場慶典，除了穿袍子拿手電筒之外，最棒的部分，就是我可以坐在合唱團座位的第一排面對觀眾，那就表示幼稚園的小朋友就在我面前。他們有些人試著用腳碰我們的腳。戲演到馬利亞跟約瑟抵達客棧的場景時，有個小小孩尿溼了褲子，在潔妮前方積出了一攤尿，潔妮必須假裝不知情，繼續唱下去。要忍住不笑實在很難。

慶典一過，學校就放假了。回到家，媽媽告訴我，有一封我的信。

13

「瑪格麗特，有封你的信，」我媽在畫室裡呼喚：「在進門的桌子上。」

我幾乎從沒收過信，也許是因為我從來不回信。我衝到進門的桌子那裡拿起信來，上頭寫著：瑪格麗特．賽門小姐。我把信封翻過來，可是沒有來信地址。我好奇是誰寄的。比起撕開信封、揭曉答案，好奇的感覺有趣多了。反正可能只是廣告。最後，當我再也受不了那種懸疑時，便打開了信封——動作非常慢、非常小心，免得撕破。是封邀請函！因為上頭的圖片——一群孩子圍著唱片跳舞——我馬上就知道了。另外上頭還寫著「開派對嘍」。

我心想，誰要開派對啊？還邀請我參加？我當然可以馬上查出來，只要朝邀請卡裡一瞧就知道了。不過，慢慢琢磨比較有意思，我思考著各種可能性。不會是熱力少女，因為如果是，我老早就知道了。可能是我在紐約或參加營隊認識的人，但我不曾寫信給以前的朋友，告訴他們新家的地址。總之，信封上蓋了紐澤西的郵戳。來瞧瞧吧，我心想，會是誰呢？我終於翻開了邀請卡：

十二月二十日星期六
五點到九點（晚餐）
惠汀漢路一三三四號
諾曼・費許賓

「是諾曼・費許賓！」我大叫。那個無聊鬼！我又沒跟他講過話，他幹麼邀我參加他的派對啊？不過，派對就是派對，而且還供應晚餐呢！

「嘿，媽！」我邊喊邊跑向畫室。我媽跟畫布隔開距離，站著端詳自己的作品，畫筆正銜在嘴裡，用牙齒咬著。「你猜怎樣，媽？」

「怎樣？」她說，沒把畫筆拿開。

「有人邀我去參加晚餐派對。喏——看——」我拿邀請卡給她看。

她讀了內容。「誰是諾曼・費許賓？」她從嘴裡拿下畫筆。

「我班上的小鬼。」

「你喜歡他嗎？」

「他還可以啦，我可以去嗎？」

「唔……我想可以吧。」媽媽往畫布上抹了點紅顏料。這時電話響了。

「我去接。」我衝進廚房，氣喘吁吁說了聲喂。

「我是南希啦，你受邀了嗎？」

「嗯，」我說：「你呢？」

「嗯。我們都受邀了，潔妮跟葛蕾欽也是。」

「你能去嗎？」

「當然。」

「我也是。」

「我沒參加過晚餐派對。」南希說。

「我也沒有。要做正式打扮嗎？」我問。

「我媽要打電話問費許賓太太，一有結果就跟你說。」她掛掉電話。

十分鐘過後，電話再次響起。我接起來。

「瑪格麗特，又是我。」

「我知道。」

「你永遠不會相信！」南希說。

「什麼？有什麼我會不相信？」

「我們全都受邀了。」

「你說全都是什麼意思？」

「就全班啊。」

「二十八個！」

「費許賓太太就是這樣跟我媽說的。」

「連蘿拉也有？」

「我想是吧。」

「你想她會來嗎？」我問，試著想像蘿拉在派對上的模樣。

「唔，她媽跟費許賓太太在學校參加了好幾個相同的小組，所以也許她媽會叫她參加。」

「菲利浦・里洛依呢？」

「他受邀了，我只知道這樣。而且費許賓太太說絕對要做派對裝扮。」

我一掛掉電話就衝回畫室。「媽——我們全班都受邀了！」

「你們全班？」我媽放下畫筆看著我。
「對，二十八個都有。」
「費許賓太太一定瘋了！」我媽說。
「你想我可以穿我那件天鵝絨嗎？」
「那是你最好的衣服，想穿就穿吧。」

派對當天，我跟南希通了六次電話、跟潔妮講了三次、跟葛蕾欽講了兩次。南希只要想換個打扮，就會打電話給我。每一次她都問我，我是不是還要穿那件天鵝絨。我告訴她我要穿。其他時間我們就各自安排。我們決定，南希在派對後來我家過夜，葛蕾欽到潔妮家過夜。惠勒先生開車載我們四個去參加派對，最後由盧米斯先生送我們回家。

媽媽兩點的時候替我洗頭髮，也幫我潤絲了，這樣我的頭髮就不會打結。她還給我上了整頭的大髮捲，我坐在她的吹髮機底下烘乾，接著她用砂銼幫我銼指甲，不只是像平常那樣修剪而已。我的天鵝絨洋裝已經攤在我的床上了，還有新的內衣褲、派對皮鞋跟褲襪。我的新內衣褲不是普通的棉料，而是尼龍的，邊緣點綴著蕾絲。原本是我十二月的例行禮物之一。整天下午我都在想，也許諾曼・費許賓沒那麼無聊。

洗完澡之後，我應該回房休息，這樣參加派對時精神才會好。我回房間關上門——只是我不大想休息。我把書桌椅子搬到五斗櫃的鏡子前面。接著站上椅子，脫掉浴袍，光著身子照鏡子。我開始長體毛了。我轉著身子，從側面看自己。然後爬下椅子，把椅子移得離鏡子更近些，再次站上椅子，又看一次。我滿頭髮捲，樣子很好笑，其餘看起來就跟平常沒兩樣。

神啊，你在嗎？是我，瑪格麗特。神啊，我很不想提醒你……我是說，我知道你很忙，可是都十二月了，我胸部還是沒長大，至

少看不出「真正的」差別。時間還沒到嗎，神啊？你不覺得我已經很有耐心了嗎？請幫幫我。

我跳下椅子，坐在床鋪邊緣，換上乾淨內衣褲和絲襪。接著再次站在鏡子前面，這回我沒照太久。

我走進浴室，拉開底層櫃子，裡面有一整盒棉球。包裝上寫著：「開封前無菌。」我伸手進去抓了幾顆。我的心怦怦猛跳，這樣感覺很蠢。我到底有什麼好怕的？我是說，如果我媽看到我拿了幾顆棉球，也不會有什麼意見。我老是在用這種東西：夏天被蚊子咬的時候用來搽止癢藥、清理割傷跟瘀傷，晚上用來抹臉霜。可是我的心還是狂跳不已，因為我知道我要拿這些棉球做什麼。

我踮著腳尖走回房間，關上房門，隨即走進衣帽間，站在角落裡。我往每邊胸罩各塞三顆棉球。哼，就算作弊又怎樣！搞不好其他女生也會這樣。這樣我會好看很多吧？有什麼不行！

我從衣帽間走出來，站回椅子上。這回我轉到側面的時候，看起來好像長了胸部。嗯，我喜歡！

神啊，你還在嗎？看看我的胸罩現在有多好看！我只需要這個——只需要一點幫忙。我在家裡會好好表現，神啊，我每天晚上都會自動清理餐桌，至少一個月都是！神啊，拜託啦……

14

後來，媽替我梳頭髮。髮型效果剛剛好，只有左邊一個地方捲錯方向，媽媽說這樣髮型反而自然。

等南希的爸爸來接我的時候，爸媽一直對我微笑，我也回以笑容，彷彿我們都知道某個特別的祕密似的。只是我知道他們不曉得我的特別祕密！至少他們沒說這類的蠢話，像是：她看起來很甜美吧，她生平第一次參加晚餐派對呢！要是他們這樣說，我肯定丟臉到死！

惠勒先生在四點四十五分按響喇叭。媽給我一個再見吻，爸爸坐在椅子上揮手。「祝你玩得愉快。」他呼喚。

熱力少女四人組擠進惠勒先生的車子後座（不是旅行車）。南希的爸爸告訴我們，像那樣擠在一起很呆，況且這樣也讓他覺得自己像是雇來的司機，可是我們只是咯咯發笑。潔妮沒先跟我們說，就跑去剪了頭髮。她說一直到那天下午，她媽帶她上美容院、跟安東尼先生私下談過，才曉得自己要剪頭髮。接著安東尼先生動手剪起來，轉眼間，她就頂著新髮型了。她看起來像個小精靈，髮型讓她亮眼不少。一時之間，我想到如果我剪那種髮型，看起來會怎樣。可是接著又想起自己辛辛苦苦才留長頭髮；我判定，一口氣剪掉是很蠢的事。

抵達派對現場時，諾曼的媽媽替我們開門。她長得很高，身材纖瘦，臉跟諾曼很相似。我想起在親師會的方塊舞會上看過她。今天晚上她不是打扮成農夫的模樣，而是穿著黑色天鵝絨長褲，還有某種上衣，整件衣服看起來好像綴滿鑽石跟紅寶石。

「晚安，費許賓太太，」南希說，我從沒聽過南希用這種聲音講話，「請見見我的朋友瑪格麗特．賽門。」

費許賓太太對我微笑著說：「瑪格麗特，很高興認識你。」隨即接走我們的外套，遞給女傭，由女傭把外套帶到樓上。

「哎呀，你們看起來都好漂亮！」費許賓太太說：「大家都在樓下。南希，你知道怎麼走吧。」

我跟著南希路過客廳，家具都非常新潮。椅子看起來像是木雕箱子，桌子都是玻璃材質。一切都是米色的。在南希家，家具都帶著獅爪腳，而且有一百萬種色彩。在我家，客廳雖然鋪了地毯，但是整個空蕩蕩的。我媽還沒決定好要怎麼布置。

諾曼的家很大，因為我跟著南希又穿過至少四個房間，才走到通往樓下的門。

看來班上大多數人都到了，包括蘿拉・鄧克，她把頭髮放下來，有幾綹垂在臉上，一身淡粉紅洋裝，好看極了。

男生穿著休閒外套，有些人打了領帶。我看到菲利浦・里洛依的時候，他還打著領帶，可是過沒幾分鐘，領帶不見蹤影，襯衫頂釦也解開了。不久之後，男生全脫掉外套，在角落裡丟成一堆。

女生大都待在房間的一側，男生待在另一側。等大家一到齊，費許賓太太就端出餐點來。有各式各樣的三明治和一大盤切過的熱狗加豆泥。我拿了一些，加上馬鈴薯沙拉，然後跟潔妮、南希、葛蕾欽坐同一桌。總共有六張小桌，幾乎每個人都有位子坐。我們都拿到餐點之後，費許賓太太就跟女傭回樓上去了。

我不確定是誰開始用吸管把芥末吹到天花板的。我只知道我看到菲利浦．里洛依用吸管對準，一面大喊：「看我的厲害，佛萊迪！」我看到芥末往上飛，在白色天花板上留下一攤黃漬。

費許賓太太直到甜點時間才下樓來。一開始她沒看到天花板的狀況，但是看到自助餐桌亂成一團。她抬頭望去時，倒抽了一口氣，整個房間頓時鴉雀無聲。「我天花板上面的那個是什麼？」她問諾曼。

「芥末。」諾曼回答。

「這樣啊。」費許賓太太回答。

她只說了這句，不過，她用「我不知道你們爸媽為什麼沒教你們規矩」的表情輪流看著我們每個人，接著費許賓太太靠近我們這桌站著，並說：「這一團亂肯定不是小姐們弄的。」我們朝她微笑，可是我看到菲利浦・里洛依對我們吐舌頭。

「現在我要上樓去拿你們的甜點，」費許賓太太說：「我希望你們有點紳士淑女的樣子。」

甜點是各種顏色的迷你杯子蛋糕。我吃完兩個巧克力口味的時候，佛萊迪・巴內特走到我們這桌。「小姐們甜美又乖巧，」他模仿著，「肯定沒做什麼調皮的事！」

「噢閉嘴啦！」南希告訴他，一邊站起來。她跟他一樣高。

「你自己幹麼不閉嘴，萬事通！」

「夠了，龍蝦！」南希吼道。

「誰是龍蝦啊？」

「就你啦！」南希咬牙切齒。

佛萊迪揪住南希，一時片刻我以為他要動手打她。

「把你的蝦螯從我身上拿開！」南希嚷嚷。

「偏不要。」佛萊迪告訴她。

南希繞起圈圈，可是佛萊迪死死揪住她的洋裝口袋，轉眼間我們只知道佛萊迪手裡還拿著那個口袋，可是南希跑到了房間對面。

「噢，他扯掉了我的口袋！」南希尖叫。

佛萊迪一臉難以置信。可是他就站在那裡，握著南希的口袋。幸而南希的洋裝上沒有破洞——原本有口袋的地方，只剩鬆脫的線頭。南希衝上樓，幾分鐘之後帶著費許賓太太回來。

「他扯掉了我的口袋。」南希邊說邊指佛萊迪·巴內特。

「我又不是故意的，」佛萊迪解釋：「就掉下來了啊。」

「你們的行為讓我很震驚，太震驚了！」費許賓太太說：「我不知道你們是哪種小孩，我不打算提前趕你們回家，因為你們爸媽預計你們會在這裡待到九點，而現在才七點。可是我要告訴你們——你們再胡搞瞎搞，我就打電話給你們每個人的爸爸媽媽，向他們通報你們這種令人髮指的行為！」

費許賓太太大步走回樓上。我們忍不住竊笑，全都好好笑喔。胡搞瞎搞跟令人髮指！

連南希跟佛萊迪都笑了出來。接著諾曼提議我們來玩遊戲，免得又闖禍。「頭一個遊戲是『猜猜是誰』。」諾曼說。

「猜猜是誰？」潔妮問：「怎麼玩？」

諾曼解釋：「是這樣的，我把燈都關掉，男生在一邊排成一排，女生在對面排成一排，然後我喊出發，男生就跑到女生那一邊，用摸的方式來猜猜誰是誰。」

「不了，多謝，」葛蕾欽說：「好噁！」

「是摸脖子以上的地方，葛蕾欽，」諾曼說：「只摸脖子以上的地方。」

「想都別想。」葛蕾欽說，我們都有同感，尤其是我——我一直想到那六顆棉球。它們就在我的脖子下面，距離臉還滿近的。

「好吧，」諾曼說：「那我們就從『轉瓶子』開始。」

「好老套喔！」菲利浦・里洛依喊道。

「對嘛。」其他男生附和。

「總要有個開始啊。」諾曼說著便把一支綠色瓶子放在地板上。

我們在綠色瓶子四周圍成大圈坐下。諾曼跟我們說了他的規則。「你轉完瓶子，瓶子指著哪裡，你就要親離瓶子最近的那個人。男生不能親男生、女生不能親女生。」

諾曼第一個轉瓶子，他分到潔妮。他彎身吻了她的臉頰，靠近她耳朵但位置更高的地方，然後跑回自己在圈圈裡的位置。大家都笑了。接著輪到潔妮轉瓶子，她分到傑。她把臉貼在他臉邊，但只是吻了空氣而不是他本人。

「不公平！」諾曼喊道：「你要真的親他啦！」

「好啦，好啦。」潔妮說。她再試一次，這次成功了，可是離他的嘴很遠。

知道是親臉頰之後，我放心不少。每次只要有人轉瓶子，我就屏息以待，等著看誰會分到我，也納悶自己會分到誰。葛蕾欽分到菲利浦・里洛依的時候，她差點腿軟站不起來。她一直咬著嘴唇，好不容易才走到他身邊，給他一記你這輩子看過最快的吻。這下子我真的沒辦法呼吸，因為我想，如果他分到我，我就會昏倒。我閉上眼睛。一睜開的時候，就看到瓶子直直指著蘿拉・鄧克。她垂下視線，菲利浦彎身親她，我想他只吻到了她的額頭跟幾根散髮。

就在這時，傑說：「這個真的好蠢，我們來玩『更衣室兩分鐘』啦。」

「那是什麼？」諾曼問。

傑解釋：「我們各抽一個號碼，然後某個人開始叫號，比方說，六號，然後那兩個人就進衣帽間兩分鐘，呃……唔，你們知道的。」

「樓下這邊沒有衣帽間，」諾曼說：「不過有洗手間。」

諾曼快手快腳拿到紙跟筆，在一大張紙上草草寫下數字——單數給男生、偶數給女生。然後撕下每個號碼，先把偶數放進他爸的帽子裡，再放進單數。我們都挑了號碼。我拿到十二號。

我半害怕半興奮，我真希望自己當初能學學南希那樣多方試驗。南希一定知道在黑暗中要拿男生怎麼辦，可是我知道些什麼？什麼都不懂！

諾曼說，由他先開始，因為這是他開的派對。沒人開口理論。他站起來清清喉嚨。「呃……十……十六號。」他說。

葛蕾欽尖聲一叫，跳起來。

「掰掰嘍，你們兩個，」南希說：「別拖太久！」

說什麼久嘛！他們三秒鐘就回來了。

「嘿！我以為你說兩分鐘。」菲利浦．里洛依直呼。

「最多可以待兩分鐘，」諾曼說：「可是如果不想，就不用待那麼久。」

葛蕾欽喊出三號，結果是佛萊迪．巴內特。我希望自己記得永遠別叫三號。

接著佛萊迪喊出十四號，挑到了蘿拉·鄧克。大家都在竊笑。我納悶他要怎麼親她，我想他除非站在什麼東西上面，否則根本碰不到她的臉。我想，也許他會站在馬桶座上，這麼一想，害我笑到停不下來。

他們從洗手間走出來的時候，蘿拉的臉就跟佛萊迪一樣紅，我想，對於一個會跟男生到超市後面親熱的女生來說，有這種反應還滿好笑的。

蘿拉非常輕聲的叫出號碼。「七號。」她說。

菲利浦·里洛依站起來，對著男生們微笑。他把頭髮從臉上撥開，雙手塞在口袋裡，走向洗手間。我一直在想，如果他喜歡她，就會再喊她的號碼，然後派對剩下的時間，他們兩個就會一起霸占洗手間不放。

他們出來的時候，菲利普還是面帶笑容，可是蘿拉沒有。南希戳戳我，給我她那種心照不宣的表情。我忙著看蘿拉，沒聽到菲利普喊出十二號。

「誰是十二號？」菲利普問：「一定有人是十二。」

「你剛說十二嗎？」我說：「就是我。」

「唔，來吧，瑪格麗特。」

我站起來，知道自己無力越過娛樂室到洗手間去——菲利浦．里洛依在那裡等著要親我。我看到潔妮、葛蕾欽跟南希對我微笑，可是我沒辦法回以笑容。我不知道自己是怎麼走到洗手間的。我只知道自己踏了進去，然後菲利普關上了門。裡面黑得很難看清楚。

「嗨，瑪格麗特。」他說。

「嗨，菲利普。」我低語，接著開始竊笑。

「如果你笑個不停，我就沒辦法親你了。」他說。

「為什麼不行？」

「因為你笑的時候，嘴巴是開的。」

「你要親我的嘴？」

「你知道有更好的地方嗎？」

我不再笑了，真希望自己記得南希表演親枕頭那天說過的話。

「站著別動，瑪格麗特。」菲利普告訴我。

於是我站著不動。

他的手搭上我的肩膀，湊了過來，接著吻了我，很快的吻！不是你在電影裡看到，男生女生纏綿好久的那種吻。我正在想這件事的時候，菲利普又親了我一下，然後才打開洗手間的門，走回自己的位置。

「叫個號碼吧，瑪格麗特，」諾曼說：「快點。」

我連個號碼都想不起來。我想叫菲利浦・里洛依的號碼，可是不記得是哪號。所以我叫了九號，結果是諾曼・費許賓！

他得意得很，彷彿我是刻意挑他的。哈！他簡直是用跑的去洗手間。

他關上門以後說：「瑪格麗特，我很喜歡你，你希望我怎麼親你？」

「親臉頰，一小下就好。」我說。

他就照做了，我趕緊打開洗手間的門，走了出去，就這樣！

後來，回到我家，南希告訴我，她覺得我是世界上最幸運的女生，也許是命運把我跟菲利浦·里洛依湊在一起。

「他吻功好嗎？」她問。

「滿好的。」我說。

「親了幾下？」她問。

「大概五下吧，我記不得了。」我告訴她。

「他有沒有說什麼？」

「沒什麼。」

「你還喜歡他嗎？」

「當然嘍！」

「我也是。」
「晚安，南希。」
「晚安，瑪格麗特。」

15

我跟惠勒一家人去參加聖誕儀式，就在法布克的聯合衛理公會。我問南希，我非得跟牧師見面不可嗎？

「你在開玩笑吧！」她說：「到時候整個地方會擠得亂七八糟，他連我的名字都不曉得。」

聽到這番話，我放鬆下來，大多數的儀式我都還算喜歡，尤其是這回沒有講道，合唱團足足唱了四十五分鐘。

我接近半夜的時候才回到家，整個累癱了，幸好爸媽沒抓著我問東問西。我牙沒刷就倒在床上。

神啊，你在嗎？是我，瑪格麗特。我剛從教堂回到家。我好愛那個唱詩班──那些曲子好優美。不過，神啊，我不大能感受到你的存在。我比之前還困惑了。我很努力想要了解，可是我希望你多少幫我一點。如果你可以給我一點暗示就好了，神啊。我應該信什麼教呢？有時候我真希望一出生就底定了。

奶奶搭完遊輪回來，即刻打包前往佛羅里達。她說既然我不在紐約，紐約對她來說就沒什麼意思了。她一週寄兩張明信片給我，每星期五晚上還打電話來，發誓她在復活節以前會回家。

我們通話的內容千篇一律。我先開口：「哈囉，奶奶……嗯，我還好……他們還好……學校還好……我也想念你。」

接著換我爸講話：「哈囉，媽……嗯，我們還好……南部的天氣怎樣？……唔，太陽早晚都要出來的，所以大家才都叫佛羅里達『陽光州』啊。」

然後輪到我媽講話：「哈囉，希薇亞……嗯，瑪格麗特狀況很好……我當然很確定……好──你也保重。」

然後我再講第二遍：「掰，奶奶，很快見。」

一月的第二個星期，班奈迪克先生宣布，六年級女生星期五下午要看一部電影，六年級男生不用看，那個時段他們要跟國中部專教男生的體育老師見面討論。

南希傳了張紙條給我，上頭寫著：來了──就是那齣性愛大片。

我問她這部片子的狀況，她告訴我，電影由親師會贊助，叫作《每個女生都該知道的事》。

回到家，我跟老媽說：「我們星期五要在學校看電影。」

「我知道，」我媽說：「我收到通知了，那部片子要談月經。」

「月經的事情我早就都知道了。」

「我曉得你知道，」我媽說：「可是要讓所有的女生都看過，這點很重要，免得她們的媽媽沒跟她們講這些注意事項。」

「噢。」

到了星期五早上，一堆人在竊笑。終於到了兩點，女生們排好隊，走到禮堂去。我們占滿前三排座位。舞台上有個穿著灰色西裝的女士。她屁股很大，還戴著帽子。

「哈囉，小姐們，」她喊著，還抓著一條手帕，有時對我們揮揮，「我今天過來，是要跟你們說說《每個女生都該知道的事》，由私密淑女公司免費放映給你們看。看完影片之後我們會再談談。」她的聲音很平滑，就像廣播主持人。

接著燈熄了，我們開始看電影。電影旁白把「月經」說成「月事來潮」。「記得，」那個聲音說：「那是月事來潮。」葛蕾欽坐我隔壁，踢了我一腳，然後我又往坐在另一邊的南希踢。我們用手摀嘴，免得笑出聲來。

那部影片告訴我們卵巢的事，解釋女生為什麼有月經。可是影片沒告訴我們，月經來會有什麼感覺，只說不會痛，這點我們早就知道了。還有，影片沒拍出女生有了月經的狀況，只是強調大自然多麼神奇，我們不久就會成為女人等等。影片播完之後，灰西裝女士問大家有沒有任何疑問。

南希舉起手，灰西裝點了南希，南希說：「棉條怎麼樣呢？」

灰西裝對著手帕咳咳，才說道：「我們不建議你們年紀小小就使用內部防護。」

接著灰西裝從舞台走下來，分發名為「每個女生都該知道的事」的小冊子。這本小冊子推薦我們使用私密淑女衛生用品。整件事就像一個大廣告。我在心裡特別註記，等我需要（如果真的會用到）衛生用品的時候，絕對不要使用私密淑女的產品。

那之後的幾天，只要我看著葛蕾欽、潔妮或南希，我們都會裝出在說「月事來潮」的嘴型，然後笑上半天。班奈迪克先生叫我們靜下心來，因為在我們升七年級以前，有很多東西要學。

一週之後，葛蕾欽的月經來了。那天下午熱力少女召開特別會議。

「昨天晚上我月經來了，你們看得出來嗎？」她問我們。

「噢，葛蕾欽！你運氣好好！」南希尖聲說道：「我本來很確定我會是第一個。我明明發育得比你快！」

「唔，那也不代表什麼啊。」葛蕾欽很懂的樣子。

「是怎麼發生的？」我問。

「唔，我本來坐著吃晚餐，突後感覺有東西從身體滴出來。」

「說下去——說下去。」南希說。

「唔，我衝進廁所，一看到是什麼，就叫我媽過來。」

「然後呢？」我問。

「她說她在吃東西。」

「然後呢？」潔妮說。

「唔，我喊回去，說有重要的事情。」

「所以呢——所以呢——」南希催促。

「所以……呃……她來了，我就給她看。」葛蕾欽說。

「然後怎樣？」潔妮問。

「唔，家裡沒有任何衛生用品，她自己用的是棉條——只好打電話給藥妝店，訂了些衛生棉過來。」

「衛生棉來以前你做了些什麼？」潔妮問。

「在我的褲子裡鋪了一條毛巾。」葛蕾欽說。

「噢——不會吧！」南希笑著說。

「唔，沒辦法啊。」葛蕾欽說。

「好吧——然後呢？」我問。

「唔……過了一個小時左右，藥妝店把東西送來了。」

「我媽示範給我看，怎麼把衛生棉貼在內褲上。噢……你們知道的……」

南希很生氣。「欸，葛蕾欽，我們不是說好了，月經一來，就要跟大家把所有事情都講清楚嗎？」

「我正在說啊，不是嗎？」葛蕾欽問。

「不夠嘛，」南希說：「感覺怎樣啦？」

「大多數時候都沒感覺，有時候感覺像在滴，流出來的時候不會痛——可是我昨天晚上有點抽筋。」

「很嚴重嗎？」潔妮問。

「還好，只是感覺不一樣，」葛蕾欽說：「比較下面，而且橫過我的背部。」

「月經來，讓你覺得自己長大了一點嗎？」我問。

「當然嘍，」葛蕾欽回答：「我媽說，現在開始，我吃東西要小心，因為我今年體重增加太多，而且從現在起，我要認真洗臉——還得用肥皂。」

「就這樣？」南希說：「全部講完了？」

「如果我讓你失望了，真抱歉啊，南希。可是說真的，我就只有這些要說。噢，我忘了一件事。我媽說，我可能還不會每個月都來，有時候要過點時間才會規律起來。」

「你在用那個私密淑女的產品嗎？」我問。

「沒有，藥妝店送『少女棉柔』來。」

「唔，我猜下一個就是我了。」南希說。

我跟潔妮面面相覷，我們也猜會這樣。

我一回到家就跟我媽說了。「葛蕾欽・波特月經來了。」

「真的啊？」我媽問。

「嗯。」我說。

「我猜你很快也會開始。」

「媽，你幾歲才來月經？」

「呃……我想我是十四歲來的。」

「十四！太扯了，我不要等到十四歲啦。」

「你恐怕也沒辦法怎樣，瑪格麗特。有的女生就是比其他女生早來。我有個表親到十六歲才開始呢。」

「你想我會這樣嗎？如果是，我會丟臉丟到死！」

「如果你十四歲月經還沒來，我就會帶你去看醫生。現在別再擔心了！」

「我又不知道自己到最後是不是正常的，要怎麼不擔心嘛？」

「我保證，你最後會很正常。」

神啊，你在嗎？是我，瑪格麗特。我朋友葛蕾欽的大姨媽來了。我好嫉妒喔，神啊，我很討厭自己這麼嫉妒，可是我真的好嫉妒。我真希望你可以稍微幫我一下。南希很確定自己的月經也會很快來。如果我是最後一個，我真不知道該怎麼辦才好。噢，拜託，神啊，我只是想當個正常人。

林肯誕辰的那個週末，南希跟她家人去華盛頓。她回來以前，我就已經收到她的明信片了，那表示她一抵達華盛頓就寄出了。上頭只有幾個字：

我的來了！！！

我把明信片撕得粉碎，衝進自己房間。我一定有毛病，我就知道，而且我完全沒轍。我用力撲上床，哭了出來。下星期，南希會想跟我說她月經的事，還有她發育得有多好。唔，我不想聽她的好消息！

神啊，你在嗎？是我，瑪格麗特。生活每天都在走下坡，我就要

成為唯一沒來月經的人了，我就是知道，神啊。就像我是唯一沒宗教信仰的。為什麼你不幫幫我？我不是一直照著你的意思走嗎？拜託……讓我跟其他人一樣吧。

16

我媽帶我去林肯中心兩次，用的是奶奶的會員票。沒有跟奶奶同行那麼好玩，因為首先，我不能自己搭公車，再來，我媽認為音樂會本身比觀察別人還重要。我寫了封信給奶奶。

親愛的奶奶：

我很想你。佛羅里達聽起來很好玩；學校還好，爸媽也還好，我也還好。到目前為止，我只得過一次感冒、感染兩次病毒，其中一次是會吐的那種。我忘了在電話上跟你講，不過我們去林肯中心的時候，地上到處都是半融的雪，所以我沒辦法坐在噴泉邊。我也必須穿靴子出門，可是腳在音樂會時一直冒汗。媽又不像你那麼體貼，她死都不准我脫掉靴子。昨天又下雪了。我敢打賭你一定不想念下雪吧！不過下雪在紐澤西比在紐約好玩，有個原因就是，這裡的雪比較乾淨。

愛你的瑪格麗特

奶奶回信了：

親愛的瑪格麗特：

我也想你。謝謝你捎來一封美好的信。我希望你生病的時候，你媽帶著你去找優秀的醫生。要是我在家，我就會請教柯恩醫師，看他推薦紐澤西的哪位同業。那邊一定有一、兩位好醫師。你之所以感冒，可能就是因為你在林肯中心的時候穿著靴子沒脫。你媽應該更聰明點才對！從現在起，就照我們向來做的那樣，脫掉靴子吧——別管你媽怎麼說！只是不要跟她說是我講的。我在旅館認識一個滿不錯的男人，他叫畢納敏先生，也是紐約來的。我們平日會一起吃晚餐，有時還會相偕去看秀。他是鰥夫，有三個孩子（都結婚了），他們認為他應該再結婚，他也認為自己應該再結婚，不過我沒有特別的意思喔！我希望你爸媽會讓你在春假期間來我這邊住。你想不想呢？我會寫封信請他們批准。

當心點，穿暖和些！再寫信給我吧。

獻上我所有的愛

奶奶

親愛的奶奶：

爸媽說我春假也許可以去找你，可是現在還太早，沒辦法確定。我興奮得快死了！天天都在數日子。你也知道我沒搭過飛機。佛羅里達聽起來好好玩！還有，我想看看你跟那個畢納敏先生是怎麼回事。你在電話裡頭什麼也不跟我們說！我現在還好。雪融化了。媽在畫一幅新畫，畫的是杏桃、葡萄和常春藤葉。我有沒有跟你說過，我朋友南希跟葛蕾欽的月經都來了？

希望很快能見面。

愛你想親你的瑪格麗特

17

三月的第一個星期天，南希邀我跟她全家到紐約玩一天。依凡帶了穆斯同行。能跟穆斯・弗里德搭同一輛車，一路開到城裡，我滿興奮的，只是惠勒先生開的是休旅車。男生坐後頭，我跟南希坐中間，所以如果我想看穆斯，就得轉頭。坐車的時候如果頻頻回頭，我會暈車。

我們到無線電城音樂廳去。我小時候奶奶都會帶我去；可我爸媽總是說，那裡是專門給觀光客去的。我想坐在穆斯旁邊，可是他跟依凡另外找座位了。

看完秀之後，惠勒全家帶我們去牛排館吃晚餐。我跟南希點完餐點，就暫時離席去女生廁所。裡頭只有我們兩個，還滿幸運的，因為只有兩間廁所，而且我們都急著要上。我快上完的時候，聽到南希發出呻吟。

「噢，完了——噢，完了——」

「怎麼了，南希？」我問。

「噢，不會吧——噢完了——」

「你還好嗎？」我敲著我們之間的隔板。

「去找我媽來——快點！」她低聲說。

這時我站在她隔間前面。「怎麼了嗎？」我試轉門把，可是它鎖著。「讓我進去。」

南希哭了起來。「拜託找我媽來。」

「好啦，我這就去，馬上回來。」

我衝進餐室，趕到我們那桌，希望南希在我帶她媽回去以前，不會昏倒什麼的。

我低聲對惠勒太太說：「南希不舒服，在廁所裡哭，她想找你。」

惠勒太太一聽立刻跳起身，跟我回到女廁。我可以聽到南希在啜泣。

「南希？」惠勒太太呼喚，一面試轉門把。

「噢，媽——我好怕！幫幫我——拜託。」

「門鎖著，南希，我進不去，」惠勒太太說：「你要打開才行啊。」

「我沒辦法——沒辦法——」南希喊叫。

「我可以從下面的縫爬進去，從另一邊打開，」我提議，「要這樣嗎？」我問惠勒太太。

她點點頭。

我把裙子圍著雙腿收攏，免得拖到地，然後從門底下爬進去。南希的臉埋在雙手裡。我替惠勒太太開了鎖，在外頭的洗手槽旁邊等候。我納悶南希會不會需要上醫院什麼的，希望她不是得到會傳染的病。

幾分鐘過後，惠勒太太把門開了個縫，遞給我一些零錢。「瑪格麗特，」她說：「能不能請你替我們買個衛生棉？」我一定露出了奇怪的表情，因為她說：「從牆壁上的販賣機買，親愛的，南希月經來了。」

「她每次月經來都會這樣嗎？」

「這是她的第一次，」惠勒太太解釋：「她很害怕。」南希還在哭，她們一直在講悄悄話。

我真不敢相信！無所不知的南希！月經的事情，她竟然騙了我。她之前根本沒來過。

我把零錢投進機器，扯動拉桿。裝在紙盒裡的衛生棉彈出來。我趕緊遞給惠勒太太。

「南希，鎮定點，」我聽到她媽說：「如果你哭個不停，我沒辦法幫你。」

要是我那天沒跟他們家出遊呢？我豈不是永遠都不會知道南希月

經的事。我幾乎希望自己不知道。

最後，南希跟她媽從廁所隔間走出來，惠勒太太建議南希梳洗一下再回餐桌去。「我會跟其他人說不用擔心，」她說：「姑娘們，別花太久時間。」

我不知道該說什麼。我是說，當你發現朋友說謊，你又能說什麼呢！

南希洗了手跟臉。我遞了兩張紙巾讓她擦乾。「你還好嗎？」我問。那時我有點替南希難過。我也希望月經快來，可是沒有強烈到要說謊的地步。

南希面對我。「瑪格麗特，拜託別說出去。」

「噢，南希……」

「我是說真的。要是其他人知道了，我會丟臉丟到死。答應我，你不會把我的事說出去。」她哀求。

「我不會的。」

「我那時候還以為我來了嘛，你知道……不是我亂編的，只是搞錯而已。」

「好啦。」我說。

「你不會說出去嘍？」

「我都說我不會了。」

我們走回桌邊，跟其他人一起用餐。我們的牛排才剛端上來。我坐在穆斯隔壁，他身上好好聞。我納悶穆斯平常是不是會刮鬍子，因為那個好聞的味道讓我想到我爸的鬍後水。我碰到他的手好幾次，因為他是左撇子，而我是右撇子，我們不時都會撞在一起。他說他坐圓桌的時候都會碰上這種麻煩。穆斯在我的男生名冊裡絕對排第一，只是除了我以外，沒人曉得。

牛排我只吃得下一半。惠勒一家把另外一半打包回家餵狗。我知道他們家沒養狗，但我當然沒跟服務生說。

神啊，你在嗎？是我，瑪格麗特。南希．惠勒是個大騙子，她竟然自己編故事！我永遠沒辦法再信任她了。我會等你的消息，看我到底正不正常。如果你願意給我一個訊息，那就好了。如果不願意，我會盡量耐著性子。我只要求一件事：月經來的時候，我人千萬別在學校裡，因為這樣我就必須告訴班奈迪克先生，那樣我一定會丟臉丟到死。神啊，謝謝你。

18

三月八日，我十二歲了。當天我做的第一件事，就是學我媽那樣，聞聞自己的腋下。沒有味道！什麼也沒聞到。不過，既然我都十二歲了，我判斷我最好用體香劑，以防萬一。我走進爸媽的浴室，伸手去拿我媽的滾珠體香劑。換好衣服之後，我到樓下廚房吃早餐。

「瑪格麗特，生日快樂！」我媽唱道，在我喝著柳橙汁的時候，她彎身吻了我。

「謝謝你，媽，」我說：「我用了你的體香劑。」

我媽笑出來。「不必用我的啦，我會買一個給你。」

「真的嗎？」我問。

「當然啊，如果你想定期使用的話。」

「唔，我想我最好開始用，我現在都十二歲了，你知道的。」

「我知道——我知道。」我媽對我微笑，一面在我的早餐穀片上切香蕉片。

奶奶就像往年一樣，寄了一百美金的儲蓄債券送我——加上三件新毛衣，裡面都縫著「奶奶特別為你織的」標籤、一件新泳裝，還有到佛羅里達的機票！來回機票，四月四日中午從紐華克機場起飛。我興奮得不得了！

到了學校，班奈迪克先生跟我握握手，祝我未來的一年好運連連。他帶領全班對我唱《生日快樂歌》。南希、潔妮跟葛蕾欽合資買了鼠人樂團的新專輯，在午餐時間送給我。南希另外寄了份生日卡片給我，上面寫著：向一個女生所能交到的最好朋友致上萬分感謝。我猜她怕我會洩漏她的祕密。

那天下午，班奈迪克先生宣布，接下來三週，每天上學時間都會撥一部分出來做小組工作。我們要針對不同國家做報告。我、潔妮、南希跟葛蕾欽互相使眼色，表示我們當然要在同一組。

可是邁爾斯・J・班奈迪克那個人也太賊了！他說，因為他希望我們跟之前沒同組過的人一起做報告，於是預先替我們分好了小組。唔，第一年教書的新手老師就會這樣！難道他不知道這樣做很糟嗎？難道他不知道應該讓我們自己分組嗎？老師永遠不該跳出來說，他們已經替你選好一起做報告的對象。他們假裝讓你挑主題，卻一直以來都知道你要做什麼，這點就已經夠糟了。現在還幫我們分好組，未免也管太多！

我猜班奈迪克先生不覺得管太多，因為他正在念每個小組的名字。每組四個學生——兩個男生跟兩個女生，只有一組會分到三個女生。當他念出我那組的名單時，我真不敢相信：諾曼・費許賓、菲利浦・里洛依、蘿拉・鄧克跟我！我斜眼瞥瞥潔妮，她對我翻翻白眼，我對她挑挑眉。

班奈迪克先生要我們按照小組重排桌子。我非得跟蘿拉．鄧克講話不可了！這下逃不掉了。但我也會跟菲利浦．里洛依有不少相處機會，光想到就興奮。

我們把書桌併成一組之後，菲利浦做的第一件事是對我唱歌：

祝生日快樂，
你住動物園，
你模樣像猴，
味道也像猴！

接著他掐了我手臂一把——好用力！痛得我眼睛泛淚。他說：

「掐一把啊長一吋。你知道你哪裡需要長那一吋！」

我知道他只是在開玩笑，也知道我不該當真。首先，我聞起來不像猴子，我還搽了體香劑呢！再來，不管我哪裡需要多長一吋，都不干菲利浦・里洛依的事！就我而言，我可以把他讓給南希，他們兩個正好臭氣相投。

雪上加霜的是，我一坐下就必須跟蘿拉・鄧克面對面。我討厭她，討厭她人高馬大、這麼美麗，男生都盯著她看，連班奈迪克先生也是。還有，我討厭她，因為她知道自己很正常，而我對自己完全不了解！我也討厭班奈迪克先生——竟然把我跟諾曼・費許賓湊在一起。諾曼這個人無聊死了！

整體來說，我生日這天一開始是我這輩子最完美的一天，最後卻爛透了。真恨不得春假快來。我唯一可以期待的好事，就是去佛羅里達。學校我已經上膩了。

19

回到家的時候，媽媽說她從沒看過我心情這麼壞，而那種心情持續了整整三週，就為了準備那個蠢小組報告。屋漏偏逢連夜雨，我們這組投票表決三票對一票，結果決定以比利時當作報告主題。我想要更刺激的國家，像是法國或西班牙，可是我輸了。

所以我整整三星期，無論是吃、睡或呼吸，都跟比利時分不開關係。我也馬上就發現了，菲利浦·里洛依的工作態度很差，只會偷懶鬼混。準備報告期間，我、蘿拉、諾曼埋頭翻參考書找資料的時候，菲利浦卻忙著在筆記本裡畫可笑的臉。其中兩天，他還在筆記本裡夾帶漫畫偷看。諾曼·費許賓雖然很努力，可是他反應好慢。我受不了他讀資料時老是動著嘴唇默念。蘿拉滿稱職的，可是我當然從未跟她說過我的感覺。

準備比利時報告的第三週，我跟蘿拉獲准放學後留在圖書館裡準備。我們需要更多時間查百科全書。媽媽四點半會來校門口接我。蘿拉會從學校走路到教會，因為她得去告解。

這點讓我開始思考。首先，我原本不知道她是天主教徒。再來，我納悶她告解的時候都說些什麼。我是說，她會談她跟男生一起做的事情嗎？如果會，神父都對她說什麼？她每次做錯事之後，都會去告解嗎？還是說，她會把錯事累積起來，然後一個月去一次？

我忙著想蘿拉跟告解室的事情，差點忘了比利時這回事。要不是因為蘿拉，我可能什麼都不會說。是她先挑我毛病的，所以要怪就怪她吧。

「你直接照抄《世界之書》的內容，一個字都沒改喔。」她對我低語。

「所以呢？」

「唔，不能這樣，」她解釋：「讀了之後，要用自己的話寫出來。如果用抄的，班奈迪克先生會知道的。」

通常我不會一字不改的照抄，我跟蘿拉一樣清楚規則，可是我忙著想其他事情。而且蘿拉憑什麼認為自己可以發號施令？她有什麼了不起！

我說：「噢，你以為自己很了不起是吧！」

接著她說：「那跟了不起根本沒關係。」

而我說：「反正我看透你了！」

她又說：「你那樣說是什麼意思？」

這時圖書館員出聲了：「同學們——安靜點。」

之後蘿拉便選擇回頭工作，可是我沒有。

「你跟穆斯．弗里德的事情，我都聽說了。」我低語。

蘿拉放下鉛筆看著我。「我跟穆斯．弗里德的事情，你又聽說什麼了？」

「噢——就是你跟依凡、穆斯到超市後面親熱的事啊。」我說。

「我幹麼那樣？」蘿拉問。

她真的很遲鈍耶！「我不知道你幹麼那樣，可是我知道他們為什麼那樣……他們那樣是為了摸摸你還是什麼的，你還讓他們那樣做！」

她用力闔起百科全書，站起身來，滿臉燙紅，我看到她脖子浮出青筋。「你這個骯髒的騙子！你這個豬頭！」我這輩子從沒被人這樣罵過。

蘿拉一把撈起她的書跟外套，衝出圖書館。我趕緊抓起自己的東西，跟了過去。

我真的很糟糕。這根本不在我的計畫之中，我講話的語調就像南希。這時我突然想到，蘿拉的事情可能是南希胡扯的。搞不好是穆斯跟依凡自己編來吹噓的。對，沒錯！穆斯也是個大騙子！

「嘿，蘿拉！等等啊。」我喚道。

她步伐很快——也許因為腿很長。我在她後頭拚命追趕，好不容易才終於趕上她，害我差點換不過氣來。蘿拉走個不停，不肯看我，我不怪她。為了跟她並肩而行，她每跨兩步，我得走四步。

「欸，」我告訴她：「我又沒有說做那些事情不對。」

「因為我人高馬大，你們都愛找我碴。這樣做很噁心！」蘿拉吸著鼻子說。

我想叫她擤擤鼻子。「我不是故意要羞辱你的，」我說：「是你先開始的。」

「我？還真敢說！你覺得嘲笑我很有意思吧？」

「沒有啊。」我說。

「你不覺得我很清楚你跟你朋友在搞什麼鬼嗎？你覺得當班上最高大的小孩很有趣嗎？」

「我不知道，」我說：「我從來沒想過。」

「哼，那你就想想看啊。如果你四年級就得穿胸罩，大家都在笑你，而你總是得叉起手臂遮胸，想想看你會有什麼感覺。再想想看，男生就因為你長的樣子，而用髒話罵你。」

我想了想。「抱歉，蘿拉。」我說。

「最好是！」

「我真的很抱歉。如果你想知道真相……唔，我真希望我長得像你，而不是我現在這個樣子。」

「我很樂意跟你交換位置。好了，我要去告解了。」她往前邁步，一面喃喃說著，每次去告解的都是被欺負的人。

我心想，也許她說得對，或許我才是該告解的人。我跟著蘿拉走到她的教會，距離學校才兩個街區。我媽還要半小時才會來。我跨過街道藏在樹叢後面，看著蘿拉登上階梯並消失在教堂裡。

之後我又走回街道另一側，衝上磚造階梯，撐住前門，往裡頭猛瞧，卻沒看到蘿拉。我踏進教堂，躡手躡腳穿過走道。

裡面好安靜。我納悶如果我決定放聲尖叫，會發生什麼事。我當然知道我不會這麼做，可是我忍不住忖度，尖叫聲在這裡面聽起來會如何。

我穿著厚重的外套真的好熱，可是我沒脫掉。片刻之後，我看到蘿拉從一道門走出來，我蹲低身子躲在一排座位後面，免得被她看見。她根本沒朝我的方向瞥一眼。我想她沒花多少時間告解。

我有種怪怪的感覺，甚至雙腿發軟。蘿拉一離開教堂，我就站起來。我原本打算離開，因為我必須回學校跟我媽碰頭。可是我沒往教會門口移動走到外頭，而是走向反方向。

我站在蘿拉出來的那扇門前。裡頭有什麼嗎？我稍微開了個縫。裡頭沒人。看起來像個木頭電話亭。我走進去，隨手拉上門，等著看有什麼事情發生。我不知道該做什麼，所以就只是坐在那裡。

這時我終於聽到人聲。「你好，我的孩子。」

起初我以為是神，真心以為是。我的心開始狂跳，外套裡頭滿身汗，還覺得有點暈眩。可是接著我意識到，那只是神父在我隔壁亭子裡。他看不到我，我也看不到他，可是我們可以聽到彼此的聲音。不過，我什麼也沒說。

「你好，我的孩子。」他又說了。

「我……我……呃……呃……」我開口。

「怎麼了？」神父問我。

「抱歉。」我低語。

我猛力推開門，衝過走道，離開教堂。我哭著走回學校，覺得非常不舒服又飽受驚嚇，幾乎想吐。這時我看到媽媽在車子裡等，我坐進後座，解釋說我很難受。我在座位平躺下來。我媽開車回家的路上，我不用跟她說明我做的那些糟糕事情，因為她以為我真的病了。

那天夜裡稍晚，她端了碗湯到我房間，我喝湯的時候，她就坐在床邊。她說我一定是染上病毒什麼的，她很高興我逐漸好轉，可是如果我不想，隔天可以不必上學。之後她關掉電燈，給我一個晚安吻。

神啊，你在嗎？是我，瑪格麗特。我今天做了一件糟糕的事。糟糕透了！我絕對是世界上最差勁的人了，我真的不配有好事發生在我身上。我找蘿拉．鄧克的碴，只是因為我起了惡意，就把氣全都出在她身上。我真的傷到蘿拉的心了。為什麼你放任我這樣呢？神啊，我一直在找你啊。我在會堂裡找，也到教會裡找。今天，我想告解的時候，也在找你，可是你不在那裡。我完全感覺不到你，不像我晚上跟你聊天那樣。神啊，為什麼？為什麼只有獨處的時候，我才感覺得到你？

20

春假前一週，那封信寄來了，只是不是奶奶寄的，談的也不是我要去佛羅里達的事。而是瑪麗跟保羅・哈欽斯夫婦，也就是我外公外婆。這還真怪。自從我媽結婚以來，他們就跟她斷絕關係了，自然從來沒寫過信給她。我爸原本對他們就沒有好感，這回可真的氣炸了。

「他們怎麼拿到我們家地址的？請回答這個簡單的問題！他們怎麼知道我們家的地址？」

媽媽幾乎是用說悄悄話的聲音來回答問題。「我寄了張聖誕卡過去，他們就是這樣知道的。」

我爸大吼。「我真不敢相信你竟然這樣，芭芭拉！都十四年了，你竟然寄聖誕卡給他們？」

「我覺得有點感傷，就寄了卡片，上頭什麼也沒寫，只寫了我們的名字。」

爸爸對著媽搖晃那封信。「所以，現在，十四年之後——十四年啊，芭芭拉！他們現在想法變了嗎？」

「他們想看看我們，只是這樣。」

「他們想見的是你，不是我！他們想見瑪格麗特！想確定她頭上沒長角！」

「賀伯，夠了！你這樣很不可理喻——」

「說我不可理喻！太可笑了，芭芭拉，真是太可笑了。」

「你們知道我怎麼想的嗎？」我問他們：「我覺得你們兩個都很不可理喻！」我跑出廚房，氣沖沖的上樓回我房間，還使勁甩上門。我很討厭他們當著我的面吵架，他們為什麼不知道我有多討厭這樣！他們不知道自己講話有多難聽嗎？我還是可以聽到他們的聲音，大吼大叫、不停發飆。我用手捂住耳朵，一面越過房間走到唱機那裡。然後我把一手從耳朵拿開，將鼠人的唱片開到最大聲。好了——這樣好多了。

幾分鐘過後，我臥房房門開了。我爸直接走到唱機那裡，用力關掉。我媽拿著那封信，雙眼通紅。我什麼也沒說。

我爸來回踱步。「瑪格麗特，」他終於開口了，「這件事跟你有關。我想在我們做任何事或說任何話以前，你應該先讀讀你外公外婆寄來的信。芭芭拉……」他伸出手。

我媽先把信遞給他，他再把信交給我。信裡的筆跡是斜體，很完美，就像三年級在學書寫體那樣。我往床上一坐。

親愛的芭芭拉：

好一陣子以來我跟你父親常常想起你。我們年紀漸漸大了。我猜你會很難相信，可是我們真的老了。突然間，我們好想見見我們唯一的女兒。我們在想，我們十四年前是不是犯了個錯。我們跟好友貝勒牧師討論過這個情形。親愛的，你還記得他吧。我的天，他在你還是小貝比時替你洗禮過呢。他說再試一次永遠不嫌晚。所以我跟你父親打算飛到東部待一週，希望你願意讓我們拜訪你，認識一下孫女瑪格麗特．安。信內一併附上航班詳情。

母親瑪麗．哈欽斯

這封信真是讓人不舒服！難怪我爸會發脾氣，裡頭根本沒提到他。

我把信遞還給老爸，可是我一句話也沒說，因為我不知道該說什麼。

「他們四月五日要過來。」我爸說。

「噢，那我見不到他們了，」我精神一振的說：「我四號就要飛到佛羅里達了。」

我媽看著我爸。

「咦，」我說：「不是嗎？我四號要去佛羅里達啊！」

他們依然悶不吭聲，我立刻明白了——我明白我去不了佛羅里達了！這一來我可有一堆話要說了。一堆！

「我不想見他們，」我嚷嚷：「不公平！我想去佛羅里達，跟奶奶在一起。把拔——拜託啦！」

「別看我，」我爸靜靜的說：「又不是我的錯，寄聖誕卡給他們的可不是我。」

「媽！」我喊道：「你不能這樣對我。你不能！這樣不公平——不公平啦！」我討厭我媽，真的很討厭。她笨死了，沒事幹麼寄什麼蠢卡片給他們啊！

「別這樣嘛，瑪格麗特，這又不是世界末日，」我媽說著便摟住我，「你以後還會有機會去佛羅里達的。」

我扭著身子掙脫她的懷抱，這時我爸說：「誰最好打個電話給希薇亞，跟她說計畫有變。」

「我先撥通電話，瑪格麗特就可以馬上跟她說。」我媽說。

「才不要！」我嚷嚷：「你自己告訴她，這又不是我出的主意！」

「好吧，」我媽靜靜的說：「好吧，我來說。」

我跟著爸媽走進他們臥房。我媽拿起電話，撥了通指定受話人的電話*到飯店給奶奶。幾分鐘過後，她說：「哈囉，希薇亞……是我芭芭拉……沒出什麼事……一切都好……對，真的……當然，我確定……只是瑪格麗特還是沒辦法去找你了……她當然在這邊……就站在我旁邊……嗯，你可以跟她講話……」

媽把話筒遞給我，可是我搖搖頭不肯接受。她只得掩住送話口，低聲說：「奶奶以為你病了，你一定要跟她講你沒事。」

我接下電話。「奶奶，」我說：「是我瑪格麗特。」

我聽到奶奶緩過氣來。

「沒出什麼事，奶奶……沒有，我沒生病……沒人生病……我當然確定……我真的想去啊，奶奶。可我現在沒辦法了。」我感覺雙眼噙滿淚水，吞嚥的時候，喉嚨陣陣發痛。我媽用手勢要我跟奶奶交代剩下的事。「我沒辦法去佛羅里達，因為家裡那個星期有訪客。」現在我的聲音聽起來高亢尖細。

奶奶問我是什麼訪客。

「我外公外婆，」我說：「你知道的，就是我媽的爸媽……其實沒人邀請他們過來……可是媽寄了聖誕卡片給他們，上面寫了我們的新家地址，現在我們收到他們寄來的一封信，說要過來，說想見見我……唔，我知道你想見我，我也想見你啊，可是我媽不讓我……」

這時我真的哭了出來，我媽趕緊接過電話。

「我們都很遺憾，希薇亞，這種事真的在所難免，瑪格麗特可以理解的，我希望你也可以。謝謝你，希薇亞。我就知道你可以……

---

* 指定受話人受話後才付費的電話，又稱「定人呼叫」電話。

嗯，賀伯沒事。我叫他接電話。等一下。」我衝上樓的時候，我爸正在說：「哈囉，媽。」

神啊，你在嗎？是我，瑪格麗特。我覺得自己好倒楣！一切都不對勁，絕對是一切！我猜，我就是對人不好，才會受到懲罰吧。我猜，你覺得，我對蘿拉做了那種事情過後，吃點苦頭也是應該的。對吧？神啊，可是我一直努力照你的意思走啊，真的，我真的是。神啊，請不要讓他們過來啦。讓什麼事情發生吧，這樣我就能去佛羅里達。拜託……

21

那個星期，我媽瘋了似的打掃家裡，而我一心等著什麼事情發生。我以為會收到一封電報說他們最後還是來不了。我確定神只是想懲罰我一陣子，而不是懲罰我整個春假。

「開心點，瑪格麗特，」我媽在晚餐的時候說：「事情永遠沒有表面那麼糟。」

「他們要來，你怎麼高興得起來？」我問：「你跟我講過一堆他們的事——怎麼可能高興得起來？」

「我想讓他們看看，十四年來沒有他們幫忙，我應付得有多好。我想讓他們看看我這個美妙的家庭。」

我爸說：「瑪格麗特的計畫在最後一刻被迫更動，你不能期待她有多開心的反應。」

「欸，賀伯，」我媽說：「我並沒有原諒我爸媽，你知道的。我永遠不會。可是他們就要來了，我總不能拒絕吧。你們兩個也試著理解一下嘛……拜託。」

我媽從來沒這樣求過我，通常都是我要求她試著了解一下。她清走碗盤時，我爸吻了她的臉頰。他保證他會好好表現，我也做出了保證。我媽吻了我們兩個，說她有全世界最棒的家庭。

四月五日，我跟我媽開車去紐華克機場跟他們會合。我爸沒來。他覺得自己待在家裡迎接他們會比較好。

前往機場的路上，我媽替我做足心理建設。「瑪格麗特，我不是要替我爸媽找藉口，可是我要你知道，外公外婆也有自己的信仰。十四年前……唔……他們做了自認為對的事情，雖然我們知道那樣很殘忍。但他們的信仰對他們來說很重要。這樣說有道理嗎？」

「有點道理。」我說。

機場宣布班機八九四從托雷多市抵達的時候，我跟著媽走到通關閘門那裡。我馬上就認出他們。我從他們走下機場階梯、緊抓彼此的姿態就認出來了。等他們走得更近時，我從外婆的鞋子就認出來了：黑色加蕾絲、粗鞋跟，老太太穿的那種鞋。外公腦袋側面有白髮，頭頂光禿禿的，比外婆更矮更胖。

他們東張西望了一下，之後我媽出聲叫他們。「我們到了——在這邊。」

他們朝我們走來，一認出我媽，就興奮起來。她各給他們一個短促的擁抱，我只是站在那裡覺得自己很呆，直到外婆說：「這一定是瑪格麗特・安。」她說這句話的時候，我注意到她脖子上掛著十字架。我沒見過這麼大的十字架項鍊，還閃閃發光呢！

我不希望他們碰我，也許他們看得出來，因為當我外婆彎下身子作勢吻我的時候，我身子一僵。我不是故意的，只是事情就這樣發生了。

我想媽媽明白我的感覺。她告訴他們，我們最好去看看行李的狀況。

我們回到家的時候，我爸在前門跟我們會合，把他們的行李箱提進屋裡。他們帶了兩個，都是咖啡色，也都是新的。

「哈囉，賀伯。」外婆說。

「哈囉，哈欽斯太太。」爸回答。

我爸用「太太」來稱呼她，讓我覺得很好笑。

外公跟爸握握手。「賀伯，你氣色很好啊。」他說。

爸爸緊抿嘴唇，但終於勉強說了聲「謝謝」。

我覺得，比起我，這個狀況對我爸來說更難熬。

我跟媽媽帶外公外婆去他們的房間，之後媽媽便下樓去張羅晚餐。我說：「需要什麼都可以問我。」

「瑪格麗特·安，謝謝你。」我外婆說。她噘起嘴巴的樣子滿滑稽的。

「不用叫我瑪格麗特·安，」我說：「沒人這樣叫我，叫瑪格麗特就可以了。」

我媽用心做出一頓精美的晚餐，就是用來招待朋友、而我會被早早趕上床的那種。桌上擺了鮮花，還雇了個女士來洗碗盤。

我媽換上新洋裝，頭髮也弄得很好看。她跟她爸媽一點都不像。外婆也換了洋裝，可是脖子上還是掛著十字架。

晚餐時，大家都很努力找話聊。我媽跟外婆聊起俄亥俄州的老朋友、這陣子以來誰在做什麼。外公說的主要是：「麻煩遞奶油過來……麻煩傳鹽巴過來。」

我自然表現出最好的儀態。烤牛肉吃到一半的時候，外公弄翻了他的水杯，外婆狠狠瞟了他一眼，可是我媽說水又不可能傷到什麼。在廚房幫忙的那位女士過來把水擦掉。

吃甜點的時候，媽媽跟外公外婆解釋，她剛剛才替客廳訂了新家具，很遺憾他們來不及看到。我知道她根本什麼都還沒訂，可是我沒戳破。

飯後，我們全都移到娛樂室。外公問了爸爸一些問題。

外公：「你還在保險業嗎？」

爸：「對。」

外公：「你平常投資股票嗎？」

爸：「偶爾。」

外公：「這棟房子滿不錯的。」

爸：「謝謝，我們也這麼覺得。」

同時，我外婆跟我媽聊的是：

外婆：「我們之前去加州過感恩節。」

媽：「噢？」

外婆：「對啊，你弟娶了個很棒的老婆。」

媽：「知道這樣很高興。」

外婆：「要是他們有孩子就好了。嗯，他們在考慮領養。」

媽：「我希望他們可以領養，每個人都應該有個孩子來愛。」

外婆：「對啊，我知道……我一直想要幾十個孫子，可是只有瑪格麗特一個。」

接著我媽先告退到廚房付錢給那個女士，因為那個女士用手勢表示計程車在門前等她了。所以外婆轉向我。

「你喜歡上學嗎？」她問。

「大多數時候都喜歡。」我說。

「成績好嗎？」

「滿好的。」我說。

「你在主日學的狀況怎樣？」

我媽回到娛樂室，在我身旁坐下。

「我沒上主日學。」我說。

「沒上？」

「沒有。」

「老爸……」（外婆都這樣叫外公，他則叫她「老媽」。）

「怎麼了，老媽？」外公說。

「瑪格麗特沒上主日學。」外婆搖搖頭，把弄著自己的十字架。

「欸，」我媽說，勉強擠出笑容，「你們知道，我們家不參加宗教活動。」

我心想，麻煩來了。我想離開這個房間，卻又覺得好像黏在座位上走不了。

「我們本來還希望，你們現在對宗教信仰的想法已經變了。」外公說。

「尤其是為了瑪格麗特著想，」外婆補充，「人總得要有信仰才行啊。」

「我們不要討論哲學領域的問題了。」我爸心煩的說，越過房間對我媽使了個警告的眼色。

阿公笑了。「我沒有要裝哲學家的意思，賀伯。」

「欸，」我媽解釋：「等瑪格麗特長大，我們會讓她選擇自己的宗教信仰。」

「如果她想要的話！」我爸不服氣的說。

「胡扯！」外婆說：「宗教信仰不是用選的。」

「是生來就有的！」外公用宏亮的聲音說。

外婆終於漾起笑容並輕聲一笑。「所以瑪格麗特是基督徒！」她宣布，彷彿我們早該知道似的。

「拜託……」我媽說：「瑪格麗特也可以是猶太教徒啊。你們難道不懂——如果繼續緊咬這個話題不放，就會破壞一切。」

「親愛的，我不是故意要惹你不高興，」外婆告訴我媽：「可是孩子的信仰總是跟著母親走。而你啊，芭芭拉，生來就是基督徒，你還受洗過。事情就這麼簡單。」

「瑪格麗特現在什麼信仰都沒有！」我爸怒斥：「如果你們現在就結束這場討論，我會很感謝。」

我不想再聽下去了，他們怎麼可以當著我的面那樣講話！難道他們不知道我是個真正的人——有我自己的感受！

「瑪格麗特，」外婆邊說邊碰我的袖子，「現在對你來說還不嫌晚，親愛的，你依然是神的孩子。也許我來拜訪你們的期間，可以帶你上教會，跟牧師談一談。說不定他可以幫忙解決問題。」

「別再說了！」我大叫著跳起來，「你們全部！都別再說了！聽你們講話，我連一分鐘都受不了。誰需要宗教信仰啊？誰！不是我……我不需要。我甚至不需要神！」我衝出娛樂室，上樓回房間去。

我聽到我媽說：「你們哪壺不開提哪壺？現在一切都被你們破壞了！」

我不要再跟神講話了。祂到底想要我怎樣嘛？我受夠祂跟祂的宗教了！我永遠不會再踏進基督教青年會或是猶太社區中心——永遠不會。

22

隔天早晨，我待在自己房間，連下去吃早餐都不願意。我發現自己開始說：神啊，你在嗎？接著才想起我再也不要跟祂說話了。我納悶祂會不會修理我。哼，如果祂想，那就隨便祂！

到了下午，我受不了待在家裡，所以要媽媽載我到市中心跟潔妮碰面看電影。媽媽同意我需要透幾個小時的氣。我跟潔妮在街角的藥妝店會合，對街就是電影院。我們提早二十分鐘到，先進藥妝店逛逛。我們主要想看看排在貨架上的衛生棉。

看了幾分鐘過後，我低聲對潔妮說：「我們來買一盒吧。」這件事我已經想了好一陣子，可是從來沒勇氣實行。今天我覺得勇氣十足。我想，如果神生我的氣，那又怎樣？誰在乎？我甚至不顧紅綠燈，就從街道中央穿過去，只為了測試祂。看吧！什麼都沒發生。

「買來幹麼？」潔妮問。

「以防萬一啊。」我告訴她。

「你是說要放在家裡嗎？」

「當然啊，有什麼不行？」

「我不知道耶，我媽可能不會喜歡。」潔妮說。

「那就別跟她講嘛。」

「可是要是她看到呢？」

「到時候會裝在袋子裡，你可以說是學校用品，」我說：「你帶的錢夠嗎？」

「夠。」

「OK。好了，我們應該買哪一種呢？」我問。

「『少女棉柔』如何？」潔妮說：「就是葛蕾欽用的那種。」

「OK。」我從架子上拿了少女棉柔。「唔，動手啊，」我跟潔妮說：「拿你的那份。」

「好啦，好啦。」潔妮也拿了一盒。

我另外拿了一把藍色扁梳，裝出真的在購物的樣子。

我們拿著東西走到結帳櫃台，看到有個男生站在收銀機後面，就趕緊快步走開。

「我沒辦法啦，」潔妮低語，她把自己那盒衛生棉放回架上，「我會怕。」

「別傻了，有什麼好……」穿著藍色醫師袍的售貨小姐打斷我的話。

「小姐們，要我幫忙嗎？」她問。

潔妮搖搖頭，可是我說：「我們想買這些，麻煩了。」我把潔妮那盒從架上再拿下來，讓女售貨員看看我們選了什麼商品。

「好，小姐們，拿去收銀機那邊，麥克斯會幫你們包起來。」

潔妮動也不動，一副被水泥黏在地板似的，臉上掛著愚蠢的表情——就是哭笑不得的樣子。於是我抓起她的那盒，走向麥克斯跟收銀機。我把所有東西用力放在他面前，只是站在那裡，不看他的臉，連話也沒說。他結算金額時，我打手勢要潔妮把她該付的錢給我。然後我說：「麻煩給我兩個袋子。」麥克斯接過我的錢，找回一些零錢給我，我連數都懶得數，接著麥克斯拿了兩個棕色袋子給我，就這樣！順手到簡直以為他每星期的每一天都賣那種東西。

看完電影回到家，我媽問了：「那包是什麼東西？」

我說：「學校用品。」

我拿著買回來的東西回到房間，在床上坐下後，盯著那盒少女棉柔直瞧。我真希望祂正在看。讓祂瞧瞧，我沒有祂照樣過得好好的！我打開衛生棉盒，抽出一片，掐在手裡好久好久。

最後我站起身，走進衣帽間。裡頭黑漆漆的，尤其關上門的時候。我巴不得自己有個附燈光跟門鎖的那種巨大衣帽間，幸好我勉強應付得了。我把那片衛生棉塞進腿間，然後拉上內褲。我想試試看會有什麼感覺。現在我知道了，還滿喜歡的。我考慮那天晚上要墊著衛生棉睡覺，最後還是決定不要。要是家裡發生火災，我的祕密就可能會外洩。所以我把衛生棉拿出來，放回盒子裡，藏在書桌的底層抽屜。媽媽永遠不會檢查那裡，因為裡頭亂七八糟，她光看就受不了！

隔天早上，外公外婆宣布他們要去紐約。

「你們明明說要在這裡待一星期！」我媽說：「你們說要來一星期！」

「我們的確說過，」外公告訴她：「不過這週剩下的時間，我們決定要去紐約住旅館。」

「好吧。」我媽說。

我爸躲在報紙後面，可是我看到他露出大大的笑容。我滿腦子都是他們毀了我的佛羅里達之旅，現在卻不打算留下來。真不公平！簡直就是欺騙！

媽媽載他們去搭公車以後回到家時，我爸說：「要不要打賭，他們一開始就是打算去紐約，過來看你只是順便罷了，因為順路。」

「我才不信！」我媽說。

「唔，我就信。」我爸說。

「他們毀了我的假期。」我說。

但沒人回答我。

23

那天晚上，門鈴在八點響起時，我們正在娛樂室裡。我說我去看看是誰，便跑去打開前門。

「奶奶！」我尖叫，然後一把摟住她。「你怎麼回來了？」

「要是穆罕默德不來山上——山就來找穆罕默德。」

我笑了，知道穆罕默德指的就是我，而山就是奶奶。有個男人站在奶奶身邊。奶奶轉向他。「莫理斯，」她說：「這就是我的瑪格麗特。」

接著奶奶關上前門告訴我。「親愛的瑪格麗特，這位是莫理斯·畢納敏（Binamin）先生。」

「我的姓氏跟肉桂（cinnamon）有押韻喔。」他對我說。

我露出笑容。

奶奶看起來容光煥發——膚色古銅、頭髮淡金。畢納敏先生頂著濃密的銀髮，蓄著銀色八字鬍，戴著黑框眼鏡，也晒得一身古銅。他勾著奶奶的手臂。

「他們呢？」奶奶問。

「爸媽在娛樂室裡。」我說。

「跟你外公外婆一起嗎？」

「沒有……他們走了。」

「走了！」奶奶嚷嚷：「可是我以為他們要待整個星期。」

「我們本來也以為啊。」我說。

「但我和莫理斯是特地來看他們的。」

「是喔！」我說：「為什麼？」

奶奶跟畢納敏先生偷偷交換眼色。「唔……我們想說你可能需要聲援。」

「噢，奶奶！我自己就應付得了啦。」

「我知道你可以，因為你是我的瑪格麗特啊。告訴我——他們有沒有嘗試做些什麼？」

「像是什麼？」我問。

「你知道的，」奶奶說：「教會的事啊。」

「唔……算是有吧。」我承認。

「我就知道！」奶奶嚷嚷：「就跟你說了吧？」她問畢納敏先生。畢納敏先生搖搖頭。「希薇亞，你摸透他們了。」他說。

「瑪格麗特，你只要記得……不管他們說什麼……你都是猶太姑娘。」

「不，我不是！」我爭辯著：「我什麼都不是，你明明知道！我甚至不相信神！」

「瑪格麗特！」奶奶說：「不要那樣講神！」

「為什麼不行？」我問：「明明就是這樣！」我想問神，祂聽到我的話了嗎！可是我現在已經不跟祂講話了，而且我猜祂早就知道了！

爸媽來到客廳，奶奶介紹大家互相認識。爸媽上下打量畢納敏先生，他也忙著打量他們。

媽媽趕緊去煮咖啡，還端出熱過的丹麥酥。她要給我一些牛奶跟薑汁餅乾，可是我不餓。我想離開，所以故意不捂嘴的大聲打哈欠。

「瑪格麗特小親親，如果你這麼累，就上床去吧。」奶奶說。

「我想我該去睡了，大家晚安。」

有時候，奶奶就跟其他人一樣糟糕。但只要她愛我、我愛她，有沒有宗教信仰又有什麼差別呢？

24

班奈迪克先生宣布，我們的學年個人報告下星期五要交。這份報告不打成績，所以我們可以百分之百誠實，不用擔心要討好他。他希望我們每個人都學到一點有價值的東西。星期四晚上，我寫了封信。

親愛的班奈迪克先生：

我對宗教信仰進行了為期一年的實驗。關於我長大以後要信什麼教——如果我真的想信特定的宗教——我還沒有任何結論。關於這個主題，我讀了三本書：《現代猶太教》、《基督教史》、《天主教——過去與現在》。我曾到法布克的第一長老教會做過禮拜，聖誕夜也去了法布克的聯合衛理公會，還在猶太新年的時候，上了紐約的以色列會堂。我去了聖祿茂宗徒教會要告解，可惜最後不得不離開告解室，因為我不知道要說什麼。我沒有試著當佛教徒或伊斯蘭教徒，因為我不認識信這兩個教的人。

我不是很喜歡我的宗教實驗，我猜即使過了很久我都不會下定決心。我想，一個人沒辦法很乾脆就決定自己要信什麼教，就像替自己選名字，你會思考好久，還會不停改變想法。如果我以後有小孩，我會告訴他們要信什麼教，這樣他們很小就可以開始學習那個宗教的事情。十二歲才要學，實在太慢了。

敬祝平安！

瑪格麗特・安・賽門

五月二十五日

星期五，每個人都交出一本厚厚的小書，封面還都裝飾過；而我卻只有這封信。我沒辦法把信跟那疊小書放在一起，這太難為情了。相較之下，我彷彿什麼工夫也沒下。

鐘聲響起時，我坐在桌邊，其他人魚貫走出教室。班奈迪克先生抬起頭說：「怎麼了，瑪格麗特？」

我拿著信走到他桌前。

「我沒交小書。」我說。

「噢？」

「我，呃……我寫了封信給你。」我把信交給他，他讀信的時候，我就站在原地。

「我真的努力過了，班奈迪克先生。我——我很抱歉。我原本想要做得更好。」我知道我就快哭了，根本說不下去，於是拔腿衝出教室。

我在眼淚掉下來以前，趕到了女生廁所。我還是可以聽到班奈迪克先生在背後呼喚：「瑪格麗特——瑪格麗特——」但我完全不理。

我掬起冷水潑臉，接著才獨自一人慢慢走回家。

我到底是怎麼回事？十一歲的時候，我幾乎從來都不哭的；現在隨便什麼事情都會惹得我大哭。我想跟神把這件事好好談一談。可是我才不要讓祂知道呢，雖然我滿想念祂的。

25

六月十七日，親師會替我們在體育館裡辦了一場歡送會。六年級女生全都沒穿短襪。而我生平第一次穿絲襪，也在一個小時之後，生平頭一回絲襪破掉。我滿腦子都是：我九月就要升七年級了，我漸漸長大了。我的腦袋知道——即使我的身體不知道。

體育館裡的那場派對跟感恩節的方塊舞會滿像的。惠勒太太跟費許賓太太負責擔任伴隨，可是這次她們都穿普通衣服。

我們班送了一對銀製袖釦給班奈迪克先生，是葛蕾欽的媽媽用批發價買來的。他似乎很高興，因為他一直清喉嚨。他也向大家道謝，還說雖然我們班一開始並不是世上最棒的六年級學生，但我們一路走來成長不少，而且多虧有我們，到了明年，他就會成為經驗豐富的老師——非常豐富！除此之外，他似乎不知道還能說些什麼。我們聽了哈哈大笑，有些女生哭了出來，可是我沒有。

我、南希、葛蕾欽跟潔妮一起去市中心吃午飯，聊聊上國中會有什麼感覺。潔妮很怕自己到了陌生環境會迷路。葛蕾欽說，國中的老師也許都很惡劣。南希說，要是我們修的課都不在同一班怎麼辦。我們各自回家時都哭了。

那天稍晚，媽媽開始幫我打包參加營隊用的行李。我看著她把一疊疊的短褲跟馬球衫放進去。接著我聽到除草機的聲音。穆斯回來了。起先我因為能看到他而興奮，接著就生起氣來，想到蘿拉，也想到他幫忙散播的謠言。

我跑下樓到屋外去，對著他大喊：「嘿，穆斯！」他沒聽到我的聲音，因為除草機吵得不得了，所以我跑到他割草的地方，站在他的去路上，這樣他非得注意我不可。然後我再次大叫：「嘿，穆斯！」

他關掉除草機。「你擋到我的路了。」他說。

「我想跟你說件事。」我說。

「說吧。」

我雙手扠腰。「你知道怎樣嗎？穆斯！你說謊！我才不相信你跟蘿拉．鄧克到超市後面親熱過。」

「誰說我有？」

「你說誰說的，是什麼意思？」

「哼，誰啊？」

「南希告訴我，依凡跟她說，你跟依凡都——」我停下來。因為我聽起來像個白痴。

穆斯對我搖搖頭。「只要聽到關於別人的傳聞，你都會照單全收嗎？」他問。

我不知道該說什麼。

穆斯繼續往下說。「唔，下一次，除非你親眼看到，否則別相信。好了，麻煩你讓開，我有事要忙！」

我動也不動。「你知道怎樣嗎，穆斯？」我問。

「現在又怎樣了？」

「抱歉我本來以為你說謊。」

「你知道怎樣嗎，瑪格麗特？」穆斯問我。

「不知道，怎樣？」

「你還是擋到我的路了！」

我跳開來，穆斯再次啟動除草機。我聽到他唱著他最愛的歌——關於伊利運河的歌曲。

我回到屋裡，趕著去上廁所。我心裡想著穆斯，還有我多喜歡站在他附近。我正在想，我很高興他沒說謊，也高興有他替我們家割草。接著我低頭瞧瞧內褲，真不敢相信，我的內褲上有血。量不是很多——可是也夠了。我拉開嗓門高呼。「媽——嘿，媽——快來啊！」

我媽來到浴室的時候說：「怎麼了？怎麼回事？」

「來了。」我告訴她。

「什麼來了？」

我開始又哭又笑。「月經啊，我的月經來了！」我開始流鼻水，便伸手去拿衛生紙。

「你確定嗎，瑪格麗特？」我媽問。

「看——看這個。」我邊說邊讓她看我的內褲。

「我的天啊！真的來了，我的小姑娘！」淚水隨即湧上她的眼，她也開始吸鼻子。「等一下——用品我放在別的房間。我本來就打算放進你參加營隊的行李箱，以防萬一的。」

「真的嗎？」

「是啊，以防萬一嘛。」她走出浴室。

她回來的時候，我問她。「是私密淑女的嗎？」

「不是，我替你買了少女棉柔的。」

「那就好。」我說。

「好了，欸，瑪格麗特——棉墊是這樣用的：放進你的內褲裡，然後——」

「媽，」我說：「我已經在房間練習兩個月了！」

之後我跟我媽都笑了，她說：「這樣的話，我想我還是到別的房間去等吧。」

我鎖上浴室門，撕下棉墊下方的紙，把有黏性的那一道壓在內褲上，然後穿好衣服，照了照鏡子。會有人知道我的祕密嗎？別人看得出來嗎？比方說，如果我回到外頭跟穆斯聊天，他會不會曉得？我爸回家吃晚飯的時候，會立刻就知道嗎？我要馬上打電話給南希、葛蕾欽跟潔妮。可憐的潔妮！她會是熱力少女裡月經最慢來的一個。我本來很確定最慢的會是我！誰想得到呢！我現在肯定在發育嘍。現在，我幾乎是個女人了！

神啊，你還在嗎？是我，瑪格麗特。我知道你在，神啊。我知道你絕對不會想錯過這件事！神啊，謝謝你。超級感謝……

讀者回響

青春煩惱的小幫手

◎林永晨（宜蘭縣二城國小）

本書講述主角瑪格麗特跟隨父母從紐約市搬到紐澤西，而正當瑪格麗特的青春發育階段，許多問題困擾著她，藉由與神的對話，訴說心中種種的問題。而十二歲的瑪格麗特煩惱很多，例如什麼時候穿胸罩，第一次月經何時來，甚至我該如何選擇宗教，爸爸是猶太人，媽媽是基督徒，也使她很難抉擇，不知如何是好。

雖然瑪格麗特有時會做一些違反神的事情，她開始自責的認為神在處罰她，讓她無法長胸部，不讓她的月經來。但我覺得神一直在身邊幫助她，也完成了和全班最帥的男生直接嘴親嘴，看起來真是令人興奮。這也讓我想起過年從美國回來的表姊，她跟大家分享受邀參加感恩節派對時，就做了這麼一次瘋狂的事，在派對時表姊和全班最帥的男生接吻了，她興奮得快昏倒了，隔天一到學校一群女生追問著事情經過。我們原本不相信書中所發生的事，但經過本書主角瑪格麗特青春經歷，讓我認識到美國學生對兩性之間交往的開放心胸與面對尷尬問題的正向態度。

看著書中所發生的種種事情，感覺好像我就像瑪格麗特一樣，因為我也十二歲，也正面臨這些問題。書中讓我看到面對青春發育階段的煩惱時，瑪格麗特對神傾訴著：「神啊，你在嗎？」。我喜歡這本書是因為書中訴說著我們面臨的煩惱，也想這本書也成為我的心中的神！

◎黃圓芯（宜蘭縣二城國小）

本書主要描述主角瑪格麗特的親身經歷，也就是青春期面臨的種種煩惱。當然，對已升上國小六年級的我也不例外，從書中感覺國外的女孩都不會煩惱生理期到了後，會不會被同學開玩笑的事。相反的卻是以期待的心情面對，這倒是讓我很訝異。因為這種事在台灣的學校，肯定會被同學大家拿來互開玩笑，變成一件不敢面對、覺得不好意思的事。

故事的主角瑪格麗特，因為家裡的一些事跟著父母搬家了。她的第一個朋友是南希，算是一個滿不錯的女孩子，她為了以後要和心儀的男生接吻，可是練習了很多次，可真是不能小看少女生的力量啊！主角和南希及班上幾位女同學，組了一個名「熱力少女」的團體，可以彼此討論分享少女青春期的小祕密，例如月經來潮、乳房發育、心儀對象等。

讓我印象最深刻的事，是主角班上一個男生邀請全班參加派對，第一個遊戲叫「更衣室兩分鐘」，大家輪流抽號碼進入更衣室，然後開始叫其他男生的號碼到衣帽間和對方親嘴，當然不是嘴對嘴的那種啦！輪到主角時，主角叫了九號，正是這場派對的主辦人諾曼・費許賓，他竟然說出他喜歡主角。這個舉動讓我嚇了一跳，心想這是告白嗎？

最後，主角的月經如期到來，主角也和想像中一樣開心，甚至是興奮呢！讀完此書，深深覺得西方國家對於青春期的事很開放，而且才六年級而已，就希望自己的生理期快點到來。透過瑪格麗特的青春經歷，讓我們可以更開闊的心胸去面對青春期的事。

◎林　昀（宜蘭縣二城國小）

這本書書名是《神啊，你在嗎？》，我雖然讀過很多的書，然而這本書獨特的書名，吸引我迫不急待想閱讀。或許是我也是和瑪格麗特一樣十二歲，也面臨青春期相同的事，卻也是一本讓我永生難忘的書。

這本書描述一位正值十二歲的瑪格麗特，在青春期所發生的大小事情，而這些事正困擾著她。主角瑪格麗特則是對自己的胸部相當不滿意，也一直希望能像其他人一樣大，甚至還期望生理期早點來。青春期很多的困擾，瑪格麗特也經常為了這些事和神對話，並向神許願求助訴說心裡的話，我想這也是她抒發心情及解決問題的方式。

有一次瑪格麗特在學校無意間和同學爭吵，當晚她突然覺得神似乎遺忘了她，從此就不想再和神對話，直至七年級的暑假，她的月經終於來了，才覺得神幫助了她，所以又如以往的開始與神對話，並誠摯向神道謝。每個人都有困擾自己的事，我也不例外。瑪格麗特對她的胸部不滿意，而我則是希望能再長高一點，因為開學後發現同學似乎都長高很多，我則停留在原地。我想我也想要向神說說話，讓自己長高一些，可以多運動、早睡早起、多喝牛奶，我想神應該會聽到的，只要我好好努力的執行，神會實現我的願望的。

最後，我覺得這本書真的很適合正面臨青春期的孩子看，因為書中透過瑪格麗特親身面臨的狀況。讀完這本書你便可以在你的青春期遇見你的神，彷彿讓徘徊在十字路口的少女，找到正確的答案。這也是我看完這本書後，深深感受這本書傳達了少女心的情懷，書中充滿男女之間的趣事，讓我特別喜愛。

◎黃筠婇（台中市豐東國中）

這本書講述少女青春期的種種問題。主角瑪格麗特．賽門是一名剛進入青春期的女生，她與朋友們共組了祕密社團。除了青春期難解的問題，她還煩惱另一件事情——她的宗教信仰。

瑪格麗特很聰明，但也有許多煩惱，其中最大的應該是：青春期身心的變化。當同學都開始在意自己和別人身體上的變化時，大家都會有一個想法：如果我還沒有發育，也會希望大家還沒有，反之亦然。像故事中的蘿拉，就因為發育太快而顯得和其他人格格不入。然而，這事又是我們小孩最害怕的，偏偏成長發育這種事，也不是我們想怎樣就能怎樣的。瑪格麗特的心事和生活，讓我很有共鳴，作者真實的描述了處於青春期的我的不安與煩惱。

瑪格麗特的另一個煩惱也讓她的生活出現了很多意外。很少有大人願意傾聽孩子的難處或困擾，只是一味要求小孩去做大人覺得很好的事情，但小孩根本不是這樣認為。瑪格麗特的長輩希望她選宗教，但她根本不理解各種宗教！就像孩子不想學某種技藝，家長卻強人所難要他去學，很多大人卻不知道這樣會造成孩子多大的煩惱來源，而且通常不會有好的成果。

本書作者寫出了女孩子的心聲，尤其是青春期的各種難題，市面上鮮少有作者探討這樣的議題。大部分的大人幾乎都已經忘記自己小時候的想法了。我覺得這是這本書最棒的地方。

◎**林靖佳**（台中市豐東國中）

「神啊，你在嗎？我是瑪格麗特……。」故事中的主人翁——瑪格麗特，是位正值青春期的十二歲少女。搬至新家後，也開啟了一段新的成長旅程，遇見了許多不同的人、事、物，甚至有了一番不同的經驗，身心靈的變化宛如坐雲霄飛車，既刺激又喜悅，卻也摻雜著一絲羞澀的甜蜜，以及青少年時期面臨的人際關係：友情之間的信任、對異性的憧憬、家人的溝通等等。在本書中刻畫得既細膩又深刻，進而跟著主角去經歷這一段尷尬，卻又充滿期待及省思的自我探索過程。

本書以第一人稱的角度切入「青春期」這個主題，而故事中令我最有感觸的部分——對於女孩子轉變為青少年的身心變化。透過主角與神的對話，以及故事情節，加以描寫。當女生進入青春期後，身體上的變化非常大，心靈也變得更加敏感，還開始會和其他女同學偷偷討論自己生理上的變化。

有些人會因生理上的轉變，害怕被他人取笑，常能見到中高年級的女生，在大熱天下，還包著外套，甚至養成了駝背的壞習慣。相反的，有些女生卻因為時機還未成熟，發育較同儕慢些，因而感到自卑。這兩種女孩的縮影都能在本書看到，也能讓讀者去思考，對於青春期生理上的發育，應有的尊重及自信。

看完這本書，不僅讓我重新思考了關於青春期女生「發育」這件事，似乎也讓我對這件事的看法更加豁達，並從中得到啟示：對他人給予尊重，也給自己多一些自信。相信這個故事，不論是給女孩或男孩看，都一定能從中得到一些收穫及啟發，並從心底給予他人尊重，也為自己增添了幾分自信。

◎林彥彣（台中科技大學五專部）

萬物的一切就像是個轉動的輪子，事事皆有它的順序所在，人的一生更是如此，我們從中歷經了許多時期。曾經希望早點學會走路，用雙腳走到任何地方；曾經希望保有年少的赤子之心，讓內心永遠純真，也曾希望自己能早點變成大人，追逐那偉大的背影。就像書中的女孩們一樣。

友誼，是繼家庭之後第二重要的影響。書中的少女們（南希、潔妮、葛蕾欽、瑪格麗特）正因受到彼此想長大的影響而促使希望自己月事快快來臨，渴望離青少年更近。以前的我也曾幻想過自己能快快長大變成大人，無論是做什麼、想買什麼，甚至想談場戀愛都不會受到父母的限制，一切隨心所欲。但隨著年齡的成長後，思考逐漸成熟才發現，變成大人所需背負的負擔，其實往往比你想像來得更加沉重，只是兒時的你不知道而已。

其中這本書最引起我注意的是「宗教」。小孩的宗教信仰為何要局限於家庭？信仰什麼宗教都好只要不違背倫理道德、社會風俗就好了，不是嗎？就像點餐一樣，父母點了這樣套餐給我，但或許我內心真正想吃的是另外一個。縱使我吃完了那份你們點的餐，但我未必享受那過程。人生只有一次，不得重來，又何必因別人搭建在你身上的枷鎖而限制了腳步呢？

這本書將女孩們心中想成為女人的渴望表現得十分貼切，促使我一頁頁繼續翻下去。同時對於女孩瑪格麗特心中的宗教信仰提出了疑點。每個人所走的道路不一定相同，但是會走向何方，是取決於你的雙腳啊！人生不過如此這般漫長，但沒有重新再來的機會，又為何要因別人的耳邊細語而動搖向前的腳步呢？傾聽內心的聲音，走向沒有後悔的路途，豈不是很好嗎？路就在腳下，即使你無法改變終點，但你可以決定腳踏出去的方向呀！

世界經典書房1
神啊，你在嗎？
Are you there God? It's me, Margaret

作　　者　茱蒂・布倫（Judy Blume）
譯　　者　謝靜雯
美術設計　達　姆
責任編輯　巫維珍

國際版權　吳玲緯
行　　銷　闕志勳　吳宇軒　余一霞
業　　務　李再星　李振東　陳美燕
副總編輯　巫維珍
編輯總監　劉麗真
事業群總經理　謝至平
發 行 人　何飛鵬
出　　版　小麥田出版
115台北市南港區昆陽街16號4樓
電話：(02)2500-0888　傳真：(02)2500-1951
發　　行　英屬蓋曼群島商家庭傳媒股份有限公司
城邦分公司
115台北市南港區昆陽街16號8樓
網址：http://www.cite.com.tw
客服專線：(02)2500-7718｜2500-7719
24小時傳真專線：(02)2500-1990｜2500-1991
服務時間：週一至週五09:30-12:00｜13:30-17:00
劃撥帳號：19863813　戶名：書虫股份有限公司
讀者服務信箱：service@readingclub.com.tw
香港發行所　城邦（香港）出版集團有限公司
香港九龍土瓜灣土瓜灣道86號順聯工業大廈6樓A室
電話：+852-2508 6231　傳真：+852-2578 9337
馬新發行所　城邦（馬新）出版集團【Cite (M) Sdn Bhd.】
41-3, Jalan Radin Anum, Bandar Baru Sri Petaling,
57000 Kuala Lumpur, Malaysia.
電話：+603-9056 3833　傳真：+603-9057 6622
讀者服務信箱：services@cite.my
麥田部落格　http://ryefield.pixnet.net
印　　刷　前進彩藝有限公司
初　　版　2019年1月
初版五刷　2024年4月
售　　價　280元

ISBN 978-986-96549-6-8

國家圖書館出版品預行編目資料

神啊，你在嗎？／茱蒂・布倫（Judy Blume）作；謝靜雯譯. -- 初版. -- 臺北市：小麥田出版：家庭傳媒城邦分公司發行, 2019.01
面；　公分. --（世界經典書房；1）
譯自：Are you there God? It's me, Margaret
ISBN 978-986-96549-6-8（平裝）

874.59　　107020182